Philipp Knoll

Über den Einfluss des Halsmarkes auf die Schlagzahl des Herzens

Antigonos

Philipp Knoll

Über den Einfluss des Halsmarkes auf die Schlagzahl des Herzens

Unveränderter Nachdruck der Originalausgabe von 1872.

1. Auflage 2024 | ISBN: 978-3-38634-845-4

Antigonos Verlag ist ein Imprint der Outlook Verlagsgesellschaft mbH.

Verlag: Outlook Verlag GmbH, Zeilweg 44, 60439 Frankfurt, Deutschland, info@outlook-verlag.de
Vertretungsberechtigt: E. Roepke, Zeilweg 44, 60439 Frankfurt, Deutschland
Druck: Libri Plureos GmbH, Friedensallee 273, 22763 Hamburg, Deutschland

Ueber den Einfluß der Römer auf die Cultur der Germanen.

In Zeiten, die lange vor unserer Zeitrechnung liegen, war das jetzige Deutschland, eben so wie die benachbarten Länder, schon von einer großen Menge von Völkerschaften, theils germanischen, theils keltischen Ursprungs, bewohnt, die fast immer in Kriege mit einander verwickelt, und da sie zum größten Theil keine festen Wohnsitze hatten, in einer steten Wanderung begriffen waren. Und schon lange vor der Zeit, wo, den Galliern und Römern gegenüber, der Gesammtname Germanen zur Bezeichnung der Völkermassen, die zwischen den Alpen, dem Oceau, dem Rhein und den Karpathen zerstreut waren, in der Geschichte auftritt, hatten einzelne Stämme dieses großen Volkes aus Gründen, die sich nicht mit Sicherheit nachweisen lassen, ihren Weg nach dem fernen Westen und Süden genommen und die Naturhindernisse, die sich ihnen hier entgegen stellten, überschritten. Vielleicht in Folge von großen Ueberschwemmungen und Sturmfluthen hatten einst die Kimbern und ihre Stammgenossen, die Teutonen, ihre Wohnsitze an den Küsten der Nord- und Ostsee verlassen und erschienen nach langen Wanderungen, indem sie, einer Nachricht bei Plutarch zufolge (Plut. Marius 11), immer nur in der guten Jahreszeit weiter zogen, endlich in den südlichen Donauländern, wo sie im Jahre 113 v. Chr. bei Noreja (in der Nähe von Klagenfurt in Kärnthen) zum ersten Mal mit den Römern zusammen trafen. Nachdem sie hier den Römern eine empfindliche Niederlage bereitet hatten, zogen sie von dort längs der Alpen durch die Schweiz nach Frankreich und Spanien, und nahmen unterwegs noch andere Volksstämme, z. B. die Ambronen und Tiguriner, mit sich. Noch mehrmals schlugen sie auf dieser Wanderung die ihnen entgegengeschickten römischen Heere, am furchtbarsten in der Schlacht an der Rhone (im Jahre 105 v. Chr.), und schon waren sie im Begriff, mit einer Streitmacht von mehr als 300,000 Mann durch die Po-Ebene in Italien einzudringen, als es der Umsicht und Tüchtigkeit des römischen Feldherrn Marius gelang, die Teutonen und Ambronen bei Aquae Sextiae (Aix in der Provence) im Jahre 102 und in Gemeinschaft mit seinem Collegen, dem Proconsul Catulus, die Kimbern in der Ebene von Vercellae im J. 101 v. Chr. völlig zu besiegen und fast gänzlich zu vernichten. Nur ein kleiner Theil fand Gelegenheit, in die benachbarten Gebiete zu entfliehen; einen Rest derselben fand Cäsar später im nördlichen Gallien (Caes. B. G. 2, 29).

Mit dem Ende dieser gewaltigen Völkerbewegung, welche einen großen Theil Europa's erschütterte, und vor der sogar die römische Macht, welche damals ihren Höhepunkt erreicht hatte, mehr als ein Mal erzitterte, fand eine längere Zeit hindurch kein neuer Zusammenstoß zwischen den Römern und Germanen statt, doch rückten germanische Volkshaufen in ununterbrochenen Kämpfen mit den Kelten immer näher an den Rhein. Mit dem Auftreten Cäsars in Gallien, im J. 58 v. Chr., begann eine, mehrere Jahrhunderte hindurch dauernde Reihe von Kriegen, die erst mit dem Untergange des römischen Reiches ihren Abschluß fanden. Kurze Zeit vorher nämlich, ehe Cäsar die Statthalterschaft in Gallien übernahm, war, wie er selbst erzählt (B. G. 1, 31 ff.; 6, 12), in dem südlichen Theile dieses Landes ein Streit über die Oberherrschaft ausgebrochen zwischen den Aduern, einem mit den Römern befreundeten Volksstamme, und den Arvernern und Sequanern. Die Sequaner, die in der Gegend von Besançon (Vesontio) ihre Wohnsitze hatten, wandten sich um Hülfe an die am andern Rheinufer wohnenden Sueben, welche damals das Gebiet zwischen dem Main, dem Rhein und der

Donau inne hatten, und in 100 Gaue zerstreut sich bis nach Böhmen hin ausdehnten. Es dauerte nicht lange, so erschien der Suebenhäuptling Ariovist mit einem Heere von 15,000 Mann. Er besiegte zwar die Aduer (im J. 72 v. Chr.), ließ sich aber zur Belohnung für seine Dienste den dritten Theil des Gebiets der Sequaner abtreten, und da noch immer größere Schaaren der Sueben und ihrer Verbündeten herüberkamen und ihre Zahl bis auf 120,000 streitbare Männer angewachsen war, schwebte das ganze mittlere Gallien in Gefahr, von ihnen besetzt zu werden.

In dieser Bedrängnis wandten sich die Aduer und andere gallische Völker an Cäsar, der kurz vorher die Helvetier bei ihrem Einfall in Gallien besiegt und in ihre Wohnsitze zwischen dem Genfersee und der Rhone zurückgetrieben hatte, und Cäsar, welcher, der römischen Politik gemäß, immer bereit war, sich in fremde Händel zu mischen, ließ sich nicht zweimal bitten. Mehr durch Ueberfall indessen als in gleichem Kampfe besiegte er den Ariovist (im J. 58 v. Chr.) in der Gegend von Mühlhausen im Elsaß, oder, wie andere annehmen, bei Mömpelgard, und trieb ihn, nach einem Verluste von 80,000 Mann (Plut. Caes. 19), mit dem Reste seiner Schaaren über den Rhein zurück.

Die Gefahr vor der drohenden Oberherrschaft der Germanen war auf diese Weise freilich beseitigt; aber für die Gallier war dadurch nichts gewonnen, denn wie vorher Ariovist, so trat nun Cäsar als ihr Gebieter auf. Sie widersetzten sich zwar, mußten aber nach achtjährigen Kämpfen (58—50 v. Chr.) die Oberhoheit Roms anerkennen. Während dieser Kämpfe, durch welche die alte Cultur der Gallier fast gänzlich vernichtet und ein großer Theil des Landes in Einöden verwandelt wurde, wurden auch einzelne germanische Stämme in den auf der linken Seite des Rheins gelegenen Gegenden unterworfen oder vernichtet. Im Heldenkampfe gingen (57 v. Chr.) die Nervier unter, ein Volksstamm, der zwischen der Sambre und Schelde bis zur Nordsee wohnte. Diese kämpften mit solcher Hartnäckigkeit, daß nach ihrem eigenen Geständnisse von 60,000 Streitern, die sie den Römern entgegengestellt hatten, kaum 500 und von 400 Stammhäuptern nur noch 3 übrig geblieben waren. Ferner wurden auch die Usipeter und Tencterer, welche im Jahre 55 v. Chr., von den Sueben bedrängt, ihre Wohnsitze am rechten Ufer des Mittelrheins verlassen und den Rhein überschritten hatten, um sich zwischen der Maas und dem Rhein anzusiedeln, von Cäsar in der Gegend von Nymwegen und Rotterdam auf eine treulose Weise überfallen und zum größten Theil vernichtet. Nur ein geringer Theil rettete sich auf das rechte Rheinufer und fand bei den zwischen der Sieg und Ruhr in dem sogenannten Sauerlande wohnenden Sugambern eine Zuflucht. Um aber die Germanen von ferneren Einfällen in Gallien abzuschrecken, und um die Sugambern, welche die Auslieferung der zu ihnen geflohenen Usipeter und Tencterer verweigert hatten, zu züchtigen, zugleich auch, um die Ubier, die unter allen germanischen Volksstämmen am rechten Rheinufer die Einzigen waren, welche Gesandte an Cäsar geschickt und ihn um Freundschaft und Hülfe gegen die Sueben*) gebeten hatten, zu begrüßen, beschloß Cäsar alsdann, über den Rhein zu gehen, und da ihm der Uebergang auf Schiffen, zu deren Lieferung sich die Ubier freiwillig erboten hatten, weder sicher genug, noch der Würde des römischen Volkes angemessen erschien, so schlug er in der Gegend zwischen Coblenz und Bonn eine Brücke über den Rhein, den er als der erste Römer mit seinen Legionen überschritt (55. v. Chr.). Als er aber von den Ubiern vernahm, daß die Sugambern sich in ihre Wälder zurückgezogen hätten und daß die benachbarten Sueben ihre ganze Volksmacht rüsteten, zog er schon nach wenigen Tagen, nachdem er, um doch wenigstens einige Spuren seiner Anwesenheit zu hinterlassen, mehrere Ortschaften und Felder der Sugambern verwüstet hatte, über den Rhein zurück und ließ die Brücke bis auf einen kleinen Rest, der nebst einem Thurme noch eine Zeitlang stehen blieb, wieder abbrechen. Zwei Jahre nachher (53 v. Chr.), als die Sueben einen Streifzug nach Gallien unternommen hatten, zog er noch einmal an den Rhein, baute etwas oberhalb der Stelle, wo die erste Brücke gestanden hatte, eine zweite und trieb die Feinde wieder über den Fluß zurück. Von dieser Zeit an bildete der Rhein die natürliche Grenze des römischen Reiches.

Nachdem aber Cäsar im J. 44 v. Chr. durch Mörderhand seinen Tod gefunden und Augustus die Oberherrschaft in Rom erlangt hatte, glaubte dieser, das, was sein großer Oheim begonnen hatte,

---

*) Nach der Besiegung des Ariovist hatten sich die Sueben wahrscheinlich auf den Niederrhein geworfen, wo sie insbesondere den Tencterern, Usipetern und Ubiern beschwerlich wurden. Die gewöhnliche Annahme, daß bei Caes. B. G. 4, 16 ff., wo er von den Sueben spricht, die Chatten zu verstehen seien, ist zu verwerfen. In späteren Berichten werden die Chatten allerdings als Nachbarn der Sugambern genannt; allein Cäsar erwähnt dieselben nirgends, woraus jedenfalls folgt, daß sie zu seiner Zeit noch keinen hervorragenden Stamm bildeten. Auch werden sie von Strabo, Tacitus u. a. nicht zu den Sueben gerechnet; vergl. W. Kellner in Herrigs Archiv, Bd. 49, S. 95 ff.; Walterich, die Germanen des Rheins, Leipzig 1872, S. 35.

vollenden, nämlich Germanien (vom Rhein bis an die Elbe) erobern, oder, wie man damals sagte, in eine römische Provinz verwandeln zu müssen. Zunächst war er darauf bedacht, die Germanen von den Gegenden am linken Rheinufer abzuwehren. Im J. 37 v. Chr. zog Agrippa, nachdem er kurz vorher in Gallien entstandene Unruhen gedämpft hatte, über den Rhein, jedoch ohne sich, wie es scheint, in kriegerische Unternehmungen einzulassen. Er bewirkte nur die Uebersiedelung der Ubier, die noch immer von ihren Nachbarn, den Sueben, bedrängt wurden, von dem rechten auf das linke Ufer des Rheins, wo sie von nun an unter dem Namen colonia Ubiorum ihren Hauptsitz an der Stelle hatten, wo jetzt Köln steht. Hier fanden dieselben unter der römischen Herrschaft allerdings die gewünschte Ruhe, aber die Schmach, daß sie sich so freiwillig den Römern unterworfen hatten, blieb noch lange Zeit bei den übrigen Germanen nicht unvergessen. Im J. 29 v. Chr. nahm Augustus eine neue Eintheilung Galliens vor, indem er den unmittelbar am linken Rheinufer gelegenen Landstrich, der bisher zu Gallia belgica gerechnet war, davon abtrennte und daraus zwei neue Provinzen unter dem Namen Ober- und Untergermanien (Germania prima oder superior, und secunda oder inferior) bildete, zwischen welchen die Grenze wahrscheinlich durch den Viurtbach unterhalb Andernach (vergl. Watterich S. 5 a. a. O.) bestimmt wurde.

Am gefährlichsten für die Römer war damals das kleine, aber kriegsmuthige Volk der Sugambern. Diese zogen, nachdem sie im Jahre 25 v. Chr., unterstützt von den in ihr Land aufgenommenen Tencterern, einige römische Kaufleute ermordet hatten, im J. 16 v. Chr., in Verbindung mit den Usipetern und Tencterern, von neuem über den Rhein, und nachdem sie die Gegenden am linken Ufer und sogar Theile von Gallien verwüstet hatten, schlugen sie ein römisches Heer unter dem Legaten Lollius. Auf die Kunde von diesem Unfall eilte der Kaiser Augustus, welcher gerade auf einer Reise nach Gallien begriffen war, sogleich an den Rhein. Doch fand er zu kriegerischen Thaten keine Gelegenheit, da die Sugambern auf die Nachricht, daß Lollius von neuem rüste und der Kaiser eingetroffen sei, sogleich in ihre Heimat zurückkehrten. Das Einzige, was er bei dieser Gelegenheit erreichte, war, daß die Sugambern Geißeln stellten, und hierauf allein kann sich das Lob beziehen, welches Dichter und Höflinge dem Kaiser ertheilten, indem sie ihn als den Bezwinger der wilden, blutdürstigen Sugambern feierten. Einige Jahre nachher aber hielt er es für nöthig, die Ehre der römischen Waffen durch einen Angriffskrieg zu rächen und bestimmte seine beiden Stiefsöhne Drusus und Tiberius zur Leitung des Unternehmens. Beide zusammen führten zunächst einen Krieg mit den im Süden der Donau wohnenden Völkern, die größtentheils dem keltischen Stamme angehörten, und von denen die Völker in den Alpen ihre alte Freiheit am hartnäckigsten vertheidigten. Während dann Tiberius bis tief in Ungarn vordrang, unterwarf Drusus alles Land bis zur Donau und begann daselbst die Gründung einiger Colonieen, aus welchen nachher die bedeutenden Städte Drusomagus (vielleicht das heutige Memmingen), Augusta Vindelicorum (Augsburg) u. a. hervorgingen. Nach einiger Zeit indes wurde Drusus von seinem Posten abberufen, um die Leitung eines Kriegszuges in das Innere von Germanien zu übernehmen, während Tiberius im Nordosten beschäftigt blieb und an der Drau und Sau mit Völkern des sarmatischen Stammes kämpfte.

Damals wohnten an den Ufern des Rheins und weiterhin eine Menge kleiner Völkerschaften. In den jetzigen hessischen Gebieten und in Nassau saßen die Chatten, von welchen die Mattiaker in der Gegend von Wiesbaden ein besonderer Zweig waren. Die letzteren hatten die Wohnsitze inne, welche früher den Ubiern gehört hatten. Weiter nördlich von ihnen wohnten die Ueberreste der Tencterer und Usipeter, welchen die, zwischen der Sieg und Ruhr in dem jetzigen Sauerlande wohnenden Sugambern, wie ich schon vorhin erwähnt habe, einen Theil ihres Gebietes abgetreten hatten. Zwischen den Sugambern und der Ems im jetzigen Münsterlande saßen die Bructerer; an den Nordseeküsten nördlich von den Belgiern, von den Rheinmündungen bis an die Ems, die Friesen; zwischen der Ems, Weser und Elbe die Chauken oder Kauken, deren Name in verstümmelter Form wahrscheinlich noch in dem Worte Curhafen erhalten ist: an der unteren Ems die Ampsivarier; an dem östlichen Ufer der mittleren Weser und an der Aller die Angrivarier; in Thüringen die Hermunduren; an der Werra und an beiden Ufern der Weser, soweit diese von Höhenzügen begleitet wird, die Cherusker, an welche im Osten in dem späteren Bisthum Hildesheim und wahrscheinlich über die Oker hinaus die Fosen, und diesen zur Seite an der Elbe die Longobarden (in den Gefilden der Altmark) u. a. grenzten. Alle diese Völker geriethen von jetzt an mit den Römern in Kampf.

Fast zwei Jahre verwendete Drusus zu den Vorbereitungen seiner Unternehmungen. In dieser Zeit übte er sein Heer ein, befestigte die wichtigsten Puncte am Rhein, schloß mit den Batavern, die zwischen der Maas und Waal wohnten, und den Friesen ein Bündnis und ließ einen Kanal graben (fossa Drusiana, wahrscheinlich die jetzige neue Yssel), der den Rhein mit der jetzigen Zuyderfee verband. Dann unternahm er in den Jahren 12 bis 9 v. Chr. vier Hauptzüge in das Innere von Germanien. Auf seinem ersten Zuge fiel er in das Land der Sugambern ein und verheerte große Strecken desselben, und als er auf diese Weise das gefährlichste Volk vorläufig zur Ruhe gebracht zu haben glaubte, fuhr er vom Rhein aus durch den von ihm gebauten Kanal in den Ocean, bemächtigte sich der Inseln an den Küsten Frieslands, von denen die damals noch sehr große Insel Burchana (Borkum) ausdrücklich namhaft gemacht wird, und soll dann, nach einer Nachricht des Strabo (VII. 1), die Bructerer*) in einem Kampfe zu Schiffe auf der Ems besiegt haben. Auf dem Rückwege drang er in das Land der Kauken, gerieth aber an der Mündung der Ems durch das plötzliche Eintreten der Ebbe mit seinen Schiffen in große Gefahr, aus der er nur durch die Friesen, die ihn als Verbündete begleiteten, errettet wurde, und mußte schließlich ziemlich unverrichteter Sache auf dem alten Wege zurückkehren. Nachdem er den Winter über in Rom verbracht hatte, brach er im Frühling des folgenden Jahres (11 v. Chr.) wieder zum Kriege auf. Diesmal drang er, nachdem die Sugambern auf die Nachricht von seiner Ankunft ihr Land verlassen und sich in das Gebiet der Chatten zurückgezogen hatten, durch das jetzige Westphalen bis zur Weser, in das Gebiet der Cherusker, und nachdem er bei Arbalo (vielleicht Erpenbeck im Eggegebirge) durch einen Angriff der vereinigten Cherusker, Sueben und Sugambern empfindliche Verluste erlitten hatte, baute er auf dem Rückwege die Zwingburg Aliso an der Lippe. Auf dem dritten Zuge fiel er in das Gebiet der Chatten, die sich unterdessen mit den Sugambern verbündet hatten und suchte sie durch ein Kastell im Taunus im Zaume zu halten. Auf dem vierten und letzten Zuge, der vom Main aus unternommen wurde, unterwarf er nach hartnäckigem Widerstande das Land der Chatten, drang dann bis nach Thüringen in das Gebiet der Hermunduren, von da gegen den Harz hin in das Land der Cherusker und endlich bis zur Elbe vor. Wie Dio Cassius, dem wir überhaupt die meisten Nachrichten über Drusus verdanken, erzählt (LV, 1), trat ihm hier eine Wahrsagerin entgegen, warnte ihn, weiter vorzudringen und schreckte ihn mit der Weissagung seines nahen Todes. Auf dem Rückwege verunglückte er, wahrscheinlich durch einen Sturz vom Pferde und starb, erst 30 Jahre alt, in Mainz. Sein Bruder Tiberius ließ ihm bei Mainz ein Denkmal setzen (Eutrop. 7, 13.). Selten hat ein Feldherr bei so kurzer Lebensdauer so Großes verrichtet, und die römische Herrschaft wurde durch ihn, besonders am Rhein, nicht wenig befestigt. Außer dem Kastell auf dem Taunus, welches den Namen Arctaunum erhielt, und der Festung Aliso hat er, hauptsächlich in der Gegend von Mainz bis Xanten, eine ganze Reihe von Kastellen, deren Anzahl der Geschichtschreiber Florus (IV, 11) auf 50 bestimmt, erbauen lassen

Dem Drusus folgte im Oberbefehl sein Bruder Tiberius (8 v. Chr.). Dieser wußte theils durch Waffen, theils durch List und geschickte Unterhandlungen die Herrschaft der Römer noch fester zu begründen. Das Wichtigste, was er vollführt hat, geschah an der Donau, am Rhein aber war eine seiner Hauptthaten jedenfalls die, daß er das unruhigste und kühnste Volk in dieser Gegend, die Sugambern, nachdem man die Angesehensten dieses Volkes nach den römischen Plätzen gelockt und gegen alles Völkerrecht gefangen genommen hatte, unterwarf und 40,000 derselben in das römische Gebiet am linken Ufer, sowie an die Mündungen des Rheins versetzte. Aber die an diesem Volke begangene Treulosigkeit hat sich später auf eine merkwürdige Weise gerächt; denn aus diesem, auf solche Weise bezwungenen und in eine andere Gegend versetzten Volksstamme ist später der Hauptkern der Franken hervorgegangen, die zum Sturze des römischen Reiches nicht wenig beigetragen haben. Nur ein kleiner Theil der Sugambern blieb in den ursprünglichen Wohnsitzen zurück; einen Theil des von ihnen bewohnten Gebietes aber nahmen von jetzt an die Marsen ein. Bald darauf kehrte Tiberius nach Rom zurück und an seine Stelle trat anfangs Domitius Ahenobarbus und nachher M. Vinitius. Als aber Tiberius im J. 3 n. Chr. nochmals als Oberbefehlshaber nach Germanien geschickt wurde, führte er seine Truppen, nachdem er die Bructerer unterworfen und die Cherusker zu Bundesgenossen angenommen hatte, über die Weser und im folgenden Jahre, während gleichzeitig eine Flotte vom Rhein aus in die Elbe einlief, bis an die Elbe. Und ließt man nur den Bericht seines Lobredners, des Geschichtschreibers Vellejus Paterculus (II, 105 ff.), der ihn als Reiter auf seinen Zügen begleitete, so sollte man meinen, alles Land zwischen dem Rhein und der Weser, ja sogar bis an die Elbe, hätte schon ganz das Ansehen einer römischen Provinz gehabt; aber während die Erzählung des Vellejus mit den pomphaften Worten beginnt: „Es läßt sich kaum beschreiben, welche göttliche Thaten Tiberius verrichtete", lautet der Bericht des Dio Cassius, der freilich erst im 3. Jahrhundert schrieb, aber sehr gute Quellen (unter anderen auch die commentarii

---

*) Strabo hat wahrscheinlich, wie Walterich (S. 45 a. a. O.) annimmt, die Bructerer mit den Burchanern (Bewohnern von Borkum) verwechselt. Es kann nur von einer Seeschlacht bei der Insel Borkum die Rede sein.

des Cäsar) benutzt hat, etwas kühler, indem er sagt (LV, 28): „Wie mehrere andere Feldherrn zog auch Tiberius gegen die Kelten*) zu Felde. Derselbe drang erst bis zur Weser, sodann bis an die Elbe vor, verrichtete aber nichts von Bedeutung.“ Und in der That war dieser Zug wol nur ein militärischer Streifzug, bei dem es auf Eroberungen gar nicht abgesehen war. Tiberius beobachtete aber gegen die Völkerschaften, mit denen er zusammentraf, eine sehr kluge Politik; er drängte sie, Bündnisse mit Rom einzugehen und ließ ihnen dabei scheinbar ihre Selbständigkeit, deren sie erst allmälig, ohne es zu merken, beraubt werden sollten. Und überschaut man die ganze Thätigkeit des Tiberius am Rhein, wie an der Donau, so kann man ihm das Lob eines umsichtigen und tüchtigen Feldherrn und eines sehr gewandten Diplomaten nicht versagen. Obgleich nun das Land zwischen dem Rhein und der Weser keineswegs bezwungen, sondern nur soweit zur Ruhe gebracht war, daß kein Volk vor der Hand es wagen konnte, den Römern in offenem Kampfe entgegen zu treten, so hoffte man es doch zu unterwerfen durch Handel und Wandel, durch listige Freundlichkeit und durch die stärker als Waffen wirkende Civilisation, und um diese Völker, die als Freunde eben so nützlich, wie sie als Feinde gefährlich werden konnten, zu gewinnen, blieb keine Art von Verführung unversucht. Fürsten und Edle, z. B. der Weserhäuptling Segestes, erhielten den viel sagenden Titel eines römischen Bürgers; andere bekamen goldene Ketten, silberne Vasen und dergleichen; ja Augustus bildete sich sogar eine Leibwache aus Germanen. Auch hatte es bei der von Tiberius befolgten Politik und der Milde seines Nachfolgers Saturninus den Anschein, als wenn die Germanen in diesen Gegenden sich mehr und mehr mit den Römern befreundeten.

Unterdessen hatte Marbod, ein Fürst der Markomannen, welcher in Rom seine Bildung erhalten und die römische Politik und Kriegskunst hatte kennen lernen, durch Vereinigung mehrerer suebischer Volksstämme, ein größeres Reich gegründet, dessen Mittelpunct Böhmen war, und da er, gestützt auf ein Heer von 70,000 Fußgängern und 4000 Reitern anfing, dem römischen Reiche furchtbar zu werden, so beschlossen die Römer, ihn mit Krieg zu überziehen. Bereits hatte Tiberius einen Angriff auf denselben vorbereitet und begonnen, als er durch einen allgemeinen Aufstand der Völker an der Donau (in Pannonien und Dalmatien) gezwungen wurde, um jene größere Gefahr abzuwenden, vorläufig mit Marbod Frieden zu schließen. Aber während er noch in Pannonien vollauf zu thun hatte, ereignete sich auf einmal ein Vorfall, der fast alle Erfolge der Römer auf dem rechten Rheinufer zu nichte machte. Der Statthalter Varus nämlich, der Nachfolger des Saturninus, welcher mit mehreren Legionen (wahrscheinlich von der Lippe aus), bis in die Nähe der Weser vorgedrungen war und hier ein Standlager errichtet hatte, dessen Lage einige in der Gegend von Münden, andere bei Carlshafen, andere anderswo suchen, beleidigte die Germanen, insbesondere die Cherusker, durch Stolz und Härte, trieb Lieferungen und Abgaben ein und glaubte durch römisches Gerichtswesen, wie durch Lictoren mit Ruthen und Beilen die Germanen eben so, wie die an Despotie schon lange gewöhnten Syrier, unter denen er früher Statthalter gewesen war, in strenger Zucht halten zu können. Hiergegen aber empörte sich die Freiheitsliebe derselben. Der Cheruskerfürst Arminius, welcher eben so, wie der vorhin genannte Marbod, seine Bildung in Rom erhalten hatte und von dem Kaiser Augustus mit großer Auszeichnung behandelt und sogar zum römischen Ritter ernannt war, brachte, in Verbindung mit andern gleichgesinnten Männern, eine Verschwörung mehrerer niedergermanischen Stämme, deren Mittelpunct die Cherusker waren, zu Stande, und als Varus auf die Nachricht, daß ein Volk an der Ems sich empört habe, sich zu einem Zuge dahin verleiten ließ, überfiel er ihn in den Waldschluchten des Osning (bei Tacitus saltus Teutoburgiensis genannt) im Jahre 9 n. Chr., trieb dann die Römer in wilder Flucht über den Rhein und befreite auf diese Weise das nördliche Germanien von der Gefahr, dem römischen Reiche einverleibt zu werden. Die Nachricht von dieser Niederlage, durch welche die Römer drei ihrer besten Legionen verloren hatten, brachte in Rom eine nicht geringere Bestürzung und Aufregung hervor, als vor Zeiten die Kunde von der Schlacht bei Cannä bewirkt hatte, und der Kaiser Augustus gerieth in solche Unruhe, daß er sich in seinen Maßregeln förmlich überstürzte. Die aus Germanen bestehende Leibwache wurde augenblicklich von Hofe entfernt; die germanischen Söldlinge in Rom und in andern Theilen von Italien wurden, um einen Aufstand derselben unmöglich zu machen, sogleich auf die Inseln gebracht, und sofort wurde ein neues Heer ausgerüstet. Die Germanen aber, die wol zu gemeinsamer Abwehr, aber noch nicht zu gemeinsamem Angriff geeinigt waren, kehrten von ihrer Verfolgung bis nach Aliso hin ruhig an ihren Herd zurück. Bald nach dieser Niederlage wurde Tiberius wieder an den Rhein geschickt. Er zog auch zweimal über denselben, jedoch, wie es scheint, nur in der Absicht, um die römische Waffenmacht

*) Dio Cassius verwechselt die Kelten und Germanen.

wieder in Ansehen zu bringen und den Besitz des Castells Alijo sicher zu stellen. Weit in das Innere wagte er sich nicht; er scheint dem Frieden nicht recht getraut zu haben, obgleich er über die Ruhe, die am Rhein herrschte, seine Freude äußerte.

Als aber bald nachher Tiberius im J. 14 n. Chr. die Regierung angetreten hatte, und unter den Soldaten in Pannonien und am Rhein ein gefährlicher Aufstand ausgebrochen war, unternahm Germanicus, ein Sohn des Drusus und Neffe des Tiberius, der damals am unteren Rhein das Oberkommando hatte, in den Jahren 14 bis 17 n. Chr. neue Feldzüge in Germanien. Nach wiederhergestellter Kriegszucht drang er zuerst (14 n. Chr.) in das Land der Marsen, hieb die wehrlos bei einem Festschmause Ueberfallenen nieder und zerstörte das Heiligthum Tanfana, mußte aber der vereinigten Macht ihrer Nachbarn (der Bructerer und Usipeter) weichen. Auf dem zweiten Zuge, 15 n. Chr.*), griff er die Chatten an, stellte das von seinem Vater auf dem Taunus erbaute und mittlerweile zerstörte Castell wieder her, zog bis an die Eder (Adrana), und verbrannte außer mehreren andern Ortschaften den damaligen Hauptort des Landes Mattium (Maden bei Gudensberg). Sodann drang er mit einer großen Flotte durch die Nordsee in die Ems und gelangte, nachdem er sich vorher an dem oberen Laufe dieses Flusses mit seiner Reiterei und einer Abtheilung von Fußsoldaten, die auf verschiedenen Wegen dahin beordert waren, vereinigt hatte, in das Gebiet der Cherusker und auf die Wahlstatt der Varusschlacht, wo er die Gebeine seiner Landsleute, die seit sechs Jahren unbegraben da gelegen hatten, bestattete. Aber von den Reden des Arminius, dessen Gattin im Jahre vorher von ihrem eigenen Vater den Römern ausgeliefert war, entflammt, erhoben sich noch einmal die Cherusker, Chatten und Bructerer gemeinsam, und kaum entging der eine Theil des Heeres bei den sogenannten pontes longi, die man wahrscheinlich in dem Burtanger Moor zu suchen hat, dem Schicksal des Varus, während ein anderer Theil, nämlich zwei Legionen der Reiterei, in der Nähe der Emsmündung durch eine Sturmfluth zur Zeit des Herbstäquinoctiums dem Verderben nahe gebracht wurde. Aber trotzdem, daß er auf diesem Zuge außerordentliche Verluste erlitten hatte, beschloß er noch einmal, mit größeren Streitkräften ausgerüstet, einen Zug zu unternehmen, und nachdem er den ganzen Herbst und Winter hatte Schiffe bauen lassen, erschien er im folgenden Jahre (16 n. Chr.) mit einer Flotte von 1000 Schiffen in der Mündung der Ems. Diesmal fuhr er aber nicht zu Schiffe die Ems hinauf, was ihm Tacitus zum Vorwurf macht, sondern ließ seine Flotte am linken Ufer (vielleicht in der Gegend, wo jetzt Delfzyl liegt) zurück und zog dann, nachdem er (wahrscheinlich unterhalb der Stelle, wo jetzt Leer liegt) Brücken über die Ems hatte schlagen lassen, zu Lande auf dem rechten Ufer der Ems weiter bis an die Weser. Jenseit der Weser erwartete ihn Arminius mit den Cheruskern. Germanicus siegte zwar in der ersten großen Schlacht, die auf dem sogenannten campus Idistauisus oder Idisiavisus**) zwischen mehr als 60,000 Römern und ihren Bundesgenossen einerseits und einer mindestens ebenso großen Macht der Cherusker und ihrer Verbündeten andererseits geliefert wurde; aber ein zweites Treffen, welches wenige Tage nachher am Steinhuder Meer (profunda palus bei Tacit. ann. 2, 19) vorfiel, blieb unentschieden, und da unterdessen noch immer größere Schaaren der Feinde heranzogen, und der Sommer schon zu Ende ging, so hielt es Germanicus für gerathen, umzukehren, kam aber nur mit wenigen Schiffen an den Rhein zurück, indem der größte Theil seiner stattlichen Flotte an dem Ausflusse der Ems durch einen furchtbaren Orkan, der zugleich mit einer Springfluth hervortrat, vernichtet wurde. Wenige Wochen nach seiner Rückkehr an den Rhein unternahm er, um seinen Soldaten nach den Gefahren, die sie überstanden hatten, wieder Muth zu machen, einen Streifzug in das Gebiet der Chatten und Marsen, die sich wahrscheinlich sogleich auf die einige Wochen vorher am Rhein verbreitete Nachricht,

---

*) Aus dem Jahre 15 oder 16 n. Chr. stammen vielleicht einige römische Münzen, welche vor mehreren Jahren in der Nähe von Bingum an der Ems gefunden worden sind; vergl. Grotefend in der Zeitschrift des historischen Vereins für Niedersachsen, J. 1864, S. 353 ff.

**) Die Erzählung des Tacitus (ann. 2, 16 ff.) ist allem Anschein nach so genau, daß man die Depesche eines Feldherrn oder den Bericht eines Schriftstellers, der an Ort und Stelle seine Aufzeichnungen machte, vor sich zu haben glaubt. Die vielen, durch Vorsprünge des Wesergebirges (prominentia montium) gebildeten Krümmungen der Weser, deren man gegenwärtig von der Paschenburg aus mehr als zwanzig zählen kann und in Folge deren sich die schmale Wesermarsch (campus) in ungleicher Breite dahinschlängelt (inaequaliter sinuatur), sowie die unterwaschenen, von der geringsten Last einstürzenden Flußufer (incidentes ripae) bilden noch jetzt die charakteristischen Merkmale des Wesergebiets auf der Strecke von Hameln bis in die Gegend unterhalb Rinteln. Unter campus Idistauisus ist wol ein größerer Theil der Flußebene auf der bezeichneten Stelle gemeint; denn Tacitus sagt ausdrücklich, daß sich das Schlachtfeld 10,000 römische Schritte, also zwei deutsche Meilen weit, ausgedehnt habe, was merkwürdiger Weise genau mit der Entfernung von Hameln nach Rinteln übereinstimmt. Vergl. hierzu Greverus, Erinnerungen an die Paschenburg, Rinteln 1848, S. 53 ff.

daß Germanicus mit seinem ganzen Heere umgekommen sei, empört hatten; und schon traf er Anstalten zu einem neuen Unternehmen, als er auf einmal vom Kaiser Tiberius abberufen und nach dem fernen Orient geschickt wurde, wo er bald nachher, wahrscheinlich auf geheimes Anstiften des Tiberius, der schon lange auf den immer mehr steigenden Ruhm desselben neidisch war, im Jahre 19 n. Chr. seinen Tod fand. Wenige Jahre nachher starb auch sein großer Gegner Arminius, indem er, man weiß nicht genau, aus welchen Gründen, im Jahre 21 n. Chr. von seinen Verwandten ermordet wurde.

Alle Unternehmungen des Germanicus, so glänzende Siegesberichte er auch nach Rom geschickt haben mochte, hatten indessen keinen andern Erfolg, als daß die Niederlage des Varus gerächt und die römische Waffengewalt wiederhergestellt war. Das nördliche Germanien behauptete nach wie vor seine Unabhängigkeit; nur das Castell auf dem Taunus konnte vorläufig den Römern nicht entrissen werden. Tiberius gestattete auch später keinen neuen Feldzug mehr nach diesen Gegenden, indem er ganz richtig urtheilte, daß, nachdem die Ehre des römischen Namens gerettet sei, vorläufig von dieser Seite von den Germanen nichts zu fürchten sei, und daß man für den Vortheil des römischen Reiches nicht besser sorgen könne, als wenn man diese Völker ihren eigenen Zwistigkeiten überlasse (Tac. ann. 2, 26). Und diese Ansicht des Tiberius, daß die Kraft der Germanen durch ihre eigenen, in Folge von Kleinstaaterei und Particularismus begründeten, Rivalitäten und Streitigkeiten noch sicherer, als durch Waffengewalt, gebrochen werde, hat sich leider in sehr vielen Zeiten bewährt. Schon damals zeigte sich dies in dem bald nachher ausbrechenden Streite zwischen Arminius und Marbod; es trat ferner hervor im Jahre 69 n. Chr., als in den jetzigen Niederlanden noch einmal ein kühner Häuptling, nämlich Civilis, unter den Batavern, denen sich die Friesen, Chatten, Bructerer u. a. angeschlossen hatten, die Fahne des Aufstandes erhob, und bald nach dieser Begebenheit in den von den Römern genährten Zwistigkeiten der Chatten, Cherusker und Bructerer, in welchen der Stamm der Bructerer größtentheils*) vernichtet wurde.

Während aber die Römer an der unteren Donau unter fortwährenden Kämpfen mit den dort unter verschiedenen Namen wohnenden Völkern ihre Herrschaft immer weiter ausbreiteten und einen großen Theil des jetzigen Ungarn, Siebenbürgen, der Moldau und Walachei in Besitz nahmen, herrschte dagegen in dem eigentlichen Germanien seit den Zeiten des Tiberius lange Zeit hindurch Ruhe, und kein Feldherr hat es seit dem Fortgange des Germanicus, das ist, seit dem Jahre 17 n. Chr., wieder gewagt, in dem Lande zwischen Rhein, Weser und Elbe größere Eroberungszüge zu machen. Im allgemeinen beschränkte man sich auf die Vertheidigung der Grenzen, und nur dann und wann noch fanden Streifzüge und Kämpfe, sowie Verwüstungen einzelner Gegenden statt. So z. B. zog der Kaiser Probus im dritten Jahrhundert über den Neckar bis an die Elbe, bei welcher Gelegenheit er einige Schanzen an der Bergstraße errichten ließ und die Huldigungen von mehreren Königen in Empfang nahm, aber im übrigen war dieser Zug von keiner weiteren Bedeutung. Ferner verfolgte der Kaiser Konstantin einmal ein Heer der Bructerer, welches in Gallien eingefallen war, bis in sein Heimatland und verwüstete dieses. Julian schlug die Alemannen in der Schlacht bei Straßburg im Jahre 358 n. Chr. und trieb die Franken über den Rhein.

Während der Zeit der Ruhe aber, und während das römische Reich in der Zeit von Vespasian bis auf Marcus Aurelius von trefflichen Kaisern geleitet wurde, kamen die römischen Städte am Rhein und in Süddeutschland immer mehr zu blühendem Gedeihen, und mittlerweile nahmen die Römer, indem sie mehr durch Klugheit als durch Waffengewalt vordrangen, auch einzelne Gebiete am rechten Ufer des Rheins und am linken Ufer der oberen Donau in Besitz, und schlossen denselben durch einen Grenzwall, den sogenannten limes transrhenanus und transdanubianus ein. Es war dies eine durch Wälle, Gräben, Pallisaden, Mauern und Thürme befestigte Einfriedigung, welche, ungefähr in einer Länge von 70 deutschen Meilen, das Rheinuferland ungefähr von der Sieg und Lahn bis zum unteren Main und wiederum von da an querlaufend einen Theil des Landes zwischen dem Main und der Donau bis ungefähr nach Ingolstadt und Kehlheim einschloß. Die erstere Linie, nämlich die zwischen der Sieg und dem Main, wurde schon von Drusus und Tiberius angelegt und im ersten Jahrhundert vollendet, und es sind noch jetzt Spuren davon erhalten in dem sogenannten Pfahlgraben, dessen Lauf über das Taunusgebirge und die anstoßenden Höhen bis in die Gegend von Neuwied sich noch jetzt verfolgen läßt; die zweite Linie dagegen, die sich zwischen dem

---

*) Die Nachricht des Tacitus (Germ. 33), daß damals das Volk der Bructerer gänzlich vernichtet sei, wird durch das Zeugnis späterer Schriftsteller widerlegt. In gleicher Weise treten auch andere Volksstämme, von denen Cäsar u. a. berichten, daß sie zu gewissen Zeiten gänzlich ausgerottet seien, später wieder in der Geschichte auf.

Main und der Donau hinzog, wurde größtentheils später, jedenfalls in den Zeiten des Hadrian und Probus am stärksten, ausgebaut. Das auf diese Weise, gleichsam wie durch eine chinesische Mauer im Kleinen eingeschlossene Land, über welches hinaus die Römer keine dauernden Besitzungen gehabt haben, wurde mit dem Namen agri decumates, d. i. das Zehntland, bezeichnet, von dem Zehnten, welchen die aus Galliern, Römern und Germanen bestehenden Inhaber bezahlten. Vor und hinter diesen Linien aber lag eine Reihe von Burgen und befestigten Städten, von denen noch jetzt viele Ueberreste, insbesondere an der Lahn, dem Main und Neckar vorhanden sind.

Von der Zeit an aber, wo das römische Reich durch seine inneren Zustände, durch Militärdespotismus, Soldatenrevolutionen, Bürgerkriege in den Provinzen, Unordnung in der Verwaltung u. a. unaufhaltsam seinem Untergange entgegeneilte, das ist, etwa von dem Tode des Marcus Aurelius im Jahre 180 n. Chr., stürmten die Germanen mehr und mehr über die alten Grenzen und steigerten durch kühne Einfälle die allgemeine Zerrüttung; und wenn auch einzelne kräftige Kaiser, wie Decius, Aurelian, Probus, Diocletian und Konstantin der Große sie in ihre alten Grenzen zurückwarfen, so brach doch die Flut immer wieder von neuem los. Der vorhin bezeichnete Grenzwall ging schon gegen das Ende des dritten Jahrhunderts verloren, und als im Jahre 451 auf den sogenannten catalaunischen Feldern (in der Ebene von Châlons sur Marne) die große Völkerschlacht zwischen den Hunnen, Westgothen, Römern und Franken geschlagen wurde, da war die römische Herrschaft in den jetzigen deutschen Gebieten schon lange vernichtet.

Nachdem ich im Vorhergehenden die Zeitpuncte, wann und wo die Römer mit den Germanen zusammentrafen, bestimmt und die Grenzen, bis wohin sich die römische Herrschaft innerhalb des deutschen Gebiets erstreckte, anzugeben versucht habe, gehe ich nunmehr dazu über, diejenigen Dinge hervorzuheben, in welchen sich der Einfluß der Römer auf die Cultur der Germanen geltend gemacht hat.

Während die in dem Innern von Deutschland wohnenden Völkerschaften noch lange Zeit so fortlebten, wie sie es seit Jahrhunderten gewohnt waren und wie sie uns insbesondere von Cäsar und Tacitus geschildert werden, wenig oder gar nicht berührt von der immer näher rückenden römischen Cultur, erwuchs dagegen in den römisch colonisirten Gegenden am Rhein und an der Donau in kurzer Zeit eine neue, den Germanen bis dahin fremde Cultur.

I. Zunächst entstand im Gebiete des Rheins und der Donau eine Reihe von Städten und befestigten Plätzen, und damit begann zugleich die Begründung städtischen Lebens, städtischer Verfassung, städtischer Einrichtungen und Bequemlichkeiten. Am Bodensee lagen z. B. Brigantium, Bregenz; Valeria Constantia, Constanz. Auf der linken Seite des Rheins entstanden außer vielen andern Ortschaften: Rauricum oder Augusta Rauracorum, Augst bei Basel; Basilia, Basel (welches aber erst vom Ende des 5. Jahrhunderts an, nachdem die sehr bedeutende Nachbarstadt Rauricum gänzlich zerstört worden war, an Bedeutung zunahm); Argentoratum, Straßburg; Brocomagus, Brumat; Tabernae, Rheinzabern; vicus Julius, Germersheim; Noviomagus, Speier; Borbetomagus (civitas Vangionum) Worms; Magontiacum, Mainz; Bingium, Bingen; Confluentes, Coblenz; Autunnacum, Andernach; Rigomagus, Remagen; Bonna, Bonn; oppidum Ubiorum, später colonia Agrippina, Köln; Novesium, Neuß; Castra Vetera, oder bloß Vetera, in der Nähe von Xanten; an der Mosel Augusta Trevirorum oder Treviri, Trier; Noviomagus, Neumagen; Divodurum, Metz; auf der rechten Seite des Rheins Tarodunum, Freiburg im Breisgau; Mons Brisiacus, Alt-Breisach (vielleicht ein Drusus-Castell); im Flußgebiete des Neckar, dessen oberes Thal besonders stark angebaut war, Ara Flaviae, Rottweil; colonia Sumlocenne, Rottenburg; Clarenna, Kannstadt; in den Maingegenden Bergium, Bamberg; Segodunum, Würzburg; Ascapha, Aschaffenburg; Mattiaci fontes calidi oder Mattiacae aquae, Wiesbaden u. a.; ferner im Gebiete der Donau, und zwar auf der rechten Seite, Augusta Vindelicorum, Augsburg; Castra regina oder Reginum, Regensburg; Batava Castra in Vindelicia, Passau; Juvavia oder Jovavia, Salzburg; Lentia, Linz; Vindobona, Wien u. a. Sehr viele Städte und Niederlassungen wurden in diesen Gegenden von den Römern ganz neu gegründet, andere waren aber schon lange vorher bewohnte und einigermaßen befestigte Plätze, die nun unter der römischen Herrschaft städtischen Charakter und eine höhere Bedeutung erhielten. Die meisten rheinischen Städte sind aus römischen Lagern und Castellen, von denen Drusus jedenfalls die meisten gebaut hat, entstanden, und die noch jetzt in manchen derselben befindlichen engen Straßen erinnern offenbar an die ursprüngliche römische Bauart. Uebrigens hatten einige derselben in der römischen Zeit eine andere Lage, als sie jetzt haben. So z. B. lag das römische Mainz auf der Höhe, wo jetzt die Citadelle steht; Bonna, eine der kleineren Festungen, lag etwas unterhalb des jetzigen Bonn, und zwar auf einer durch einen Abfluß des Rheins gebildeten Insel, und Bingium lag dem jetzigen Bingen gerade gegenüber auf dem linken Ufer der Nahe. In vielen Städten entwickelte sich schon in den beiden ersten Jahrhunderten unserer Zeitrechnung ein reges, geschäftiges Leben. Handel und Industrie blühten empor, und die städtische Verwaltung sorgte nicht bloß für strenge Handhabung der Polizei, sondern traf auch solche Einrichtungen, die zur Beförderung der Gesundheit und des allgemeinen Wohlbefindens der Bürger dienten. Der Römer konnte überhaupt im Kriege Strapazen ertragen in jedem Klima, in jeder Himmelsgegend, aber wenn er in Friedenszeiten in seinem Daheim war, dann durfte ihm auch derjenige Comfort nicht ganz fehlen, welchen der freie Römer in der Residenz in reichlichem Maße genoß. So sah man z. B. in allen größeren Städten Wasserleitungen, öffentliche Bäder, Amphitheater, Schaubühnen, Landhäuser und dergleichen.

Die größte Bedeutung unter allen vorhin genannten Städten aber erhielten bald Köln, Mainz und Trier. An der Stelle, wo jetzt Köln steht, hatten schon die Ubier eine mit Mauern versehene Stadt, oder wol richtiger gesagt, eine befestigte Niederlassung gegründet, aber erst von der Zeit an, als auf Betrieb der jüngeren Agrippina, der Tochter des Germanicus und Gemahlin des Kaisers Claudius, die daselbst geboren war, eine römische Colonie hierher verlegt wurde, das ist im Jahre 50 n. Chr., wurde die Stadt groß und mächtig und erhob sich bald zur Hauptstadt in dem damals sogenannten Untergermanien. Hier stand ein berühmter Tempel des Mars, und von hier aus führte eine unterirdische Wasserleitung nach Trier. Mainz*) war eine alte gallische Stadt, welche die Römer besetzten. Die große Bedeutung dieses Platzes in strategischer Hinsicht hat nicht erst Napoleon I. zu würdigen gewußt, sondern dies erkannten schon lange vor ihm die römischen Feldherren, insbesondere Drusus, der diese Stadt mit bedeutenden Befestigungen versah und zum Stützpuncte bei seinen Unternehmungen im Innern Deutschlands wählte. Später wurde Mainz der Hauptsitz für die Armee am Oberrhein und die Hauptstadt im römischen Obergermanien, sowie durch Constantius Einrichtungen der Sitz eines Gouverneurs, der die Rheinfestungen von Mainz bis Andernach beaufsichtigte. Hier hatte die 22. römische Legion, früher auch die vierzehnte, lange Zeit ihr Standquartier. In den Kämpfen der Römer mit den Deutschen litt diese Stadt auf mannichfache Weise; mehrmals wurde sie von den Germanen belagert, und nachdem sie im Jahre 407, wie Schlosser annimmt, von ihnen zerstört und im Jahre 450 von Attila geplündert war, lag sie bis zur Herrschaft der fränkischen Könige in Trümmern. Köln und Mainz waren überhaupt die Mittelpuncte des gesammten römischen Lebens am Rhein, und sie sind gewiß auch als die Wiege und die ersten Sitze des Christenthums, welches in dieser Gegend zuerst durch die römischen Legionssoldaten bekannt wurde, zu betrachten, obgleich dies weniger durch geschichtlich beglaubigte Nachrichten — denn diese sind über die Verbreitung des Christenthums am Rhein nur sehr spärlich — als vielmehr durch antiquarische Funde, die auf dem linken Rheinufer in der Gegend von Köln bis Mainz besonders zahlreich sind, bewiesen werden kann. — Noch mehr aber als diese beiden Städte strahlte an der oberen Mosel, in dem ehemaligen Gebiete der Trevirer, Trier**), in dem Glanze einer römischen Stadt. Schon ehe die Römer nach Gallien kamen, war sie eine schöne und reiche Stadt. Unter Augustus wurde eine Colonie hierher geführt, unter Hadrian wurde sie zur Hauptstadt von Belgica prima erhoben, und seit dem dritten Jahrhundert hatten die Kaiser oder Cäsaren hier mehrfach ihren Sitz. Von hier aus wurden von Constantin und seinen unmittelbaren Nachfolgern, die hier bis zum Jahre 300 residirten, sehr viele kaiserliche Verordnungen erlassen. Mehrere Hauptstraßen gingen von hier aus nach den entferntesten Gegenden des Reichs. Es waren hier eine Münze, mehrere Fabriken und berühmte Lehranstalten. Die Stadt wetteiferte in der spätern Zeit mit Rom und wurde oft das zweite Rom genannt. Von dem circus maximus, dem

---

*) Der Name Magontiacum (neben welcher Schreibart sich auch Mogontiacum u. a. Formen finden, vergl. Schirlitz, Handbuch der alten Geographie S. 370) scheint auf keltischen Ursprung hinzudeuten; mâc bedeutet im Welsh Sicherheit, Schutz; vergl. Sparschub, Keltische Studien Bd. I. S. 31. Einige leiten den Namen vom keltischen mag, magen, magnn (vergl. die Namen Dormagen, Remagen u. a.) und Cia, jetzt Zei oder Zahlbach. Hiernach wäre der ursprüngliche Name Maguntia, d. i. Flecken oder Städtchen am Zahlbach.

**) Der Name Treviri ist keltischen Ursprungs, von trer Haus, Stadt; vergl. Sparschub S. 49 a. a. O. Vielleicht wurde diese Stadt wegen ihrer Größe und Schönheit in den ältesten Zeiten von den Umwohnenden vorzugsweise „die Stadt" genannt

Amphitheater, dem kaiserlichen Palaste Constantins, ferner von Wasserleitungen und Bädern sind noch jetzt Ueberreste vorhanden. Am besten erhalten ist noch ein sehr großes Thor, die sogenannte porta nigra. Nach allen Beschreibungen muß Trier einen überaus herrlichen Anblick dargeboten haben, und herrlich angebaut mußte das ganze Moselthal im 4. Jahrhundert sein, als der Dichter Ausonius in einem idyllischen Gedichte die Mosel besang. Leider aber war bald nachher alle Herrlichkeit dahin. Nachdem die Stadt sich nach der dritten Zerstörung durch die Franken im Jahre 413 noch einmal erhoben hatte, wurde sie im Jahre 450 durch Attila völlig verwüstet. — Außer den genannten Städten können außerdem noch hervorgehoben werden Augsburg und Straßburg. In Augsburg hatten sich schon zu den Zeiten des Tiberius viele römische Kaufleute niedergelassen, und Tacitus (Germ. 41) weiß von dem regen Verkehr nach Augsburg, der splendidissima Raetiae provinciae colonia, zu erzählen. Straßburg*), welches wegen seiner Lage jedenfalls schon zur Zeit der Wanderungen der Kelten ein wichtiger Ort war, nahm seit dem zweiten Jahrhundert unserer Zeitrechnung immer mehr an Bedeutung zu und war bald eine der bedeutendsten Städte der Provinz Germania superior. Hier war eine Waffenfabrik und das Standquartier der 8. römischen Legion, welche sich besonders in dem batavischen Kriege gegen Claudius Civilis hervorthat. Die Stadt wurde 407 von Germanen zerstört und 450 von Attila geplündert, erhob sich aber bald wieder.

Von den unzähligen Anlagen und Bauten der Römer sind noch jetzt manche Ueberreste und Trümmer in diesen Gegenden vorhanden. Spuren einer römischen Wasserleitung finden sich z. B. bei Zahlbach in der Nähe von Mainz, sowie bei Jouy und Ars, welcher letztere Ort von dieser Wasserleitung oder Wasserkunst seinen Namen hat, in der Nähe von Metz (Divodurum); und noch kürzlich hat man, wie der preußische Staatsanzeiger vom 15. Januar 1870 meldete, solche in der Nähe von Wiesbaden gefunden. Die letzteren bestehen aus einer Anzahl größerer und kleinerer Bleiröhren, welche mit dem Stempel der 14. römischen Legion, welche früher in Britannien stand, versehen sind.

II. Ein anderer Punct, worin sich der Einfluß der Römer zeigt, war die Verbesserung der Verkehrsmittel und die Beförderung von Handel und Wandel. Von einem eigentlichen Verkehr in unserm Sinne des Wortes kann im Alterthum überhaupt nicht die Rede sein; was aber in alter Zeit zur Beförderung desselben unter den gegebenen Verhältnissen geschehen konnte, das ist durch Anregung der Römer geschehen, und sie sind in dieser Hinsicht von keinem Volke des Alterthums übertroffen. Ueberall, wohin sie kamen, entstanden alsbald Landstraßen, Canäle, Brücken und andere Unternehmungen aller Art; ja, keine Gegend, wohin sie kamen, wurde von ihnen als vollständig unterworfen betrachtet, ehe sie nicht überall gangbare und ihrer Herrscherautorität vollkommen entsprechende Wege hergestellt hatten. Insbesondere richteten die wohldenkenden unter den römischen Kaisern, wie auf die Verbesserung der Zustände in den Provinzen im allgemeinen, so insbesondere hierauf ihr volles Augenmerk. Von dem Forum in Rom aus, wo sich alles Leben der ungeheuren Weltstadt concentrirte, liefen die großen Landstraßen nach allen Provinzen und bis an die äußersten Grenzen des Reiches. An vielen Stellen waren sie mit Meilensteinen bezeichnet, und liefen meistens in einer geraden Richtung von einer Stadt oder Festung zur andern, wobei Hindernisse, welche die Natur oder das Privateigenthum darboten, von den römischen Ingenieuren wenig berücksichtigt wurden. Berge wurden durchgraben, und kühne Bogen über breite und reißende Ströme gebaut. Stellen wir einen Vergleich mit einem Werke der neueren Zeit an, so bleibt der Bau der Landstraße, welche Napoleon I. in kurzer Zeit über den St. Gotthard anlegen ließ, immerhin ein bewundernswerthes Werk, aber die Unternehmungen der Römer, welche die ersten Militär- und Handelsstraßen über die Alpen bauten zu einer Zeit, wo die Schwierigkeiten noch viel bedeutender waren, verdienen noch weit mehr unsere Bewunderung. Und diese Landstraßen, bei deren Bau große Steine, Sand, Kies und Cement verwandt wurden, waren meistens so solide und dauerhaft gebaut, daß man noch jetzt an vielen Stellen die Spuren dieser Werke deutlich erhalten sieht. Außerdem waren an manchen Stellen in gewissen Entfernungen Stationen und Herbergen errichtet, in denen Relais von etwa 40 Pferden bereit standen. Wie schnell man aber auf diese Weise reisen konnte, darüber will ich nur zwei Beispiele anführen. Cäsar reiste im Jahre 58 v. Chr. in 8 Tagen von Rom nach Genf (Plut. Caes. 17), und zur Zeit des Theodosius reiste einmal, wie Libanius (orat. 22) erwähnt, ein angesehener Beamter, Namens Cäsarins, mit der kaiserlichen Post in 6 Tagen von Antiochia nach Constantinopel, auf welcher Strecke die Entfernung ungefähr

---

*) Der Name Argentoratum ist von dem keltischen Worte argent, welches Passageplay bedeutet, herzuleiten.

725 römische oder 145 deutsche Meilen betrug. Die großen Heerstraßen waren freilich zunächst nur zu militärischen Zwecken hergestellt und um vermittelst der Posten, die aber mit unsern jetzigen Posten nur eine entfernte Aehnlichkeit hatten, die kaiserlichen Befehle rasch von einem Ende des Reiches zum andern zu bringen, aber sie kamen doch auch dem Handel, der Cultur und der öffentlichen Sicherheit zu Gute.

Was nun insbesondere die Römerstraßen in dem alten Germanien betrifft, so standen auch hier alle wichtigen Plätze in den römisch colonisirten Gegenden durch Landstraßen mit einander in Verbindung. Die wichtigste Straße war jedenfalls die, welche längs des linken Rheinufers von Castra Vetera aus über Köln, Bonn, Coblenz, Bingen nach Mainz und von da weiter über Worms, Germersheim, Straßburg bis nach Bregenz am Bodensee führte, wo sie sich mit einer aus Italien kommenden Hauptstraße vereinigte. Ferner führte noch eine Nebenstraße von Castra Vetera nach Cleve, und eine Hauptstraße lief an der Mosel stromaufwärts bis in die Gegend von Toul. Nach den noch jetzt in diesen Gegenden bekannten Spuren läßt sich ein Schluß machen, wie die Römer bei der Anlage von Straßen in gebirgigen und hügeligen Gegenden verfuhren. Sie wählten zwar auch hier immer die kürzeste Richtung, nahmen aber stets ihren Weg über Anhöhen oder an den Abhängen derselben, während die Thäler, theils aus militärischen Gründen, theils weil sie damals noch sehr feucht und wasserreich waren, möglichst vermieden wurden. So z. B. führt die noch erkennbare Straße von Coblenz nach Bingen nicht durch das Rheinthal, sondern über die Höhen des Hunsrück. Von den wichtigsten Städten aber liefen schon mehrere Straßen aus. Von Trier, woselbst man noch vor wenigen Jahren eine alte Römerstraße 30 Fuß tief unter der Erde entdeckt hat, habe ich dies schon vorhin bemerkt, und ebenso gilt dies noch z. B. von Mainz und Straßburg. Von Straßburg aus führten Militär- und Handelsstraßen nach Mailand, Trier, Leiden u. a. Plätzen. Auf der rechten Seite des Rheins aber war jedenfalls die wichtigste Straße diejenige, welche vom Rhein nach der von Drusus an der Lippe gegründeten Festung Aliso (vielleicht Elsen-Neuhaus, nordwestlich von Paderborn) führte. Weiter über diese Gegend hinaus hat aber wahrscheinlich keine Römerstraße auf die Dauer bestanden. Nicht minder zahlreich aber wie am Rhein, waren die Straßen und Straßennetze an der Donau. Schon Drusus legte eine bequeme Heerstraße von Verona aus durch Tirol nach der Donau hin an, welche in Günzburg (Guntia) an der Donau und in Augsburg ihre Ausgangspuncte fand und nicht wenig zu dem raschen Aufblühen von Augsburg beitrug.

Die römischen Kaufleute drangen aber noch viel weiter vor, als wohin die Landstraßen am Rhein und an der Donau führten. Im Innern Germaniens kauften dieselben insbesondere Pferde und Rinder, Pelzwerk und Felle, Wolle, Daunen, Honig, Gänsefedern, Rauchfleisch u. a. Ferner lieferte die Ostküste den werthvollen Bernstein; aus der Gegend von Wiesbaden kam eine Art Seife oder Pomade (pilae Mattiacae), die man zum Färben der Haare benutzte, und seit den Zeiten des Nero bildeten die natürlichen rothen und blonden Haare der germanischen Frauen und Mädchen, aus welchen man Perrücken, Locken und sonstigen Haarschmuck verfertigte, einen wichtigen Handelsartikel. Die Germanen dagegen erhandelten von den römischen Kaufleuten insbesondere Waffen, Eisenwaaren, Töpferwaaren, Schmucksachen, feine Kleidung, Wein, Früchte, Quincaillerie-Waaren u. a.

Aber nicht bloß zu Lande, sondern auch zu Wasser wurde der Verkehr erweitert. Römische Schiffe befuhren den Rhein und die Donau und wahrscheinlich auch die Nebenflüsse derselben, insbesondere den Main, die Lippe und die Mosel. Canäle wurden hergestellt und Brücken gebaut über Sümpfe und Flüsse. Zu verschiedenen Zeiten gab es stehende Brücken über den Rhein, die Mosel und die Donau. In der Nähe von Xanten war schon im Jahre 16 n. Chr. (Tac. ann. 1, 69) eine Rhein-Brücke, und als Germanicus im Herbste dieses Jahres von seinem beschwerlichen Zuge hierher zurückkam, stand seine Gattin Agrippina an derselben und empfing die heimkehrenden Krieger, zum großen Aerger des Tiberius, welcher es sehr unpassend fand, daß Frauen sich auf diese Weise öffentlich hervorthäten*). Ferner war eine stehende Brücke über die Mosel bei Trier. Trajan erbaute in der Nähe des heutigen Czernetz in der Wallachei eine auf 20 Pfeilern aus Quadersteinen ruhende und 3500 Schritt lange Brücke über die Donau, die als ein Wunderwerk der damaligen Zeit galt; doch ließ schon sein Nachfolger Hadrian einen Theil derselben wieder abbrechen, damit nicht die Barbaren sie bei ihren Einfällen in das römische Reich benutzen möchten.

---

*) Diese Bemerkung des Tacitus ist aus der leider verloren gegangenen Germania des Plinius, welchen Tacitus ausdrücklich als Germanicorum bellorum scriptor bezeichnet, entlehnt. Wahrscheinlich war das genannte Werk eine der Hauptquellen des Tacitus.

Später (um das Jahr 310) baute Constantin der Große in der Nähe von Köln eine Brücke über den Rhein und zum Schutze derselben ließ er am rechten Ufer ein Castell errichten, aus welchem später Divitia (Deutz) entstand. Diese Brücke erhielt sich bis zum 10. Jahrhundert; vergl. Fiedler, Geschichten und Alterthümer des unteren Germaniens Bd. I. S. 105 ff.

III. Sodann zeigte sich der Einfluß der Römer in der Cultur des Bodens und der Gewinnung und Benutzung der Schätze, welche die Natur darbot. Als die Römer zuerst mit den Germanen bekannt wurden, war der Ackerbau bei ihnen eben so, wie bei den benachbarten Galliern, zwar schon bekannt und ziemlich allgemein verbreitet, aber die Bearbeitung des Bodens war nur eine rohe und sorglose, die, wie die Sorge für das Haus und die Familie und die Wartung des Viehs meistens den alten und schwachen Leuten, den Frauen und Sclaven überlassen war, während der freie Mann sich au Krieg, Jagd und dem süßen Nichtsthun ergötzte.

Ueber die Vertheilung des Grundeigenthums, sowie über die Art und Weise, wie der Ackerbau betrieben wurde, sind uns einige Andeutungen bei den alten Schriftstellern gegeben. Cäsar, welcher hauptsächlich mit den in Süddeutschland wohnenden Sueben in Berührung gekommen war und über ihre Verhältnisse genaue Erkundigungen eingezogen hatte, erwähnt es (B. G. 4, 1) als etwas Besonderes, daß bei ihnen niemand Privatländereien besitze, und daß es Sitte sei, immer nur ein Jahr an einer Stelle zu wohnen, um sie zu bebauen. Und sicherlich kann dies als die den Sueben eigenthümliche Agrarverfassung angesehen werden. Ein Irrthum aber ist es, wenn Cäsar an einer andern Stelle (B. G. 6, 22), wo er noch etwas ausführlicher hierüber spricht, diese Einrichtung als eine bei allen Germanen geltende hinstellt, indem er sagt: „Niemand hat eine bestimmte Anzahl von Ländereien oder eigene Grenzen, sondern die Gemeindevorsteher und Häuptlinge weisen alljährlich den einzelnen Familien und Sippschaften, die sich zusammengethan haben, Land an, und zwar so viel und wo es ihnen gut dünkt, und zwingen sie, im folgenden Jahre nach einer andern Stelle überzugehen." In gleicher Weise ist es ein Versehen des Tacitus, der etwa 150 Jahre später bei der Abfassung seiner Germania die commentarii des Cäsar benutzt hat, wenn er (Germ. 26) diese eigenthümlich suebische Einrichtung an der Stelle beschreibt, wo er von den Sitten aller Germanen handelt, indem er sagt: „Die Aecker werden von allen insgesammt wechselsweise besetzt, und sie theilen dieselben alsdann unter sich je nach der Würde. Die weite Ausdehnung der Felder macht die Austheilung leicht. Sie wechseln die Gefilde alle Jahre und immer ist dann noch Land übrig (arva per annos mutant, et superest ager)." Denn bei den zwischen Rhein, Weser und Elbe wohnenden Völkern, in deren Gebieten sich ungeheure Sümpfe, Brüche, Moore, Haideflächen befanden, kann eine solche Einrichtung, nach welcher alljährlich die Gefilde gewechselt wurden und aller Grund und Boden von neuem unter die Gemeindeglieder vertheilt wurde, nicht bestanden haben. Wie wäre dies z. B. bei den Kauken, die zum Theil auf künstlich erbauten und häufig von Wasserfluthen umströmten Erdhügeln wohnten, möglich gewesen? In diesen Gegenden herrschte vielmehr schon früh das in unserer Zeit als altsächsische Art der Niederlassung geltende System der Einzelhöfe, von denen freilich Cäsar, der von den auf dem rechten Rheinufer wohnenden Germanen nur die Ubier hatte kennen lernen, nichts wissen konnte, worüber uns aber Tacitus (Germ. 16) Nachricht giebt, indem er sagt: „Sie (die Völker der Germanen) bauen sich jeder für sich und abgesondert, wo eine Quelle, ein Feld oder ein Hain ihnen gefällt, an. Sie errichten Weiler, nicht nach unserer Sitte durch reihenweis verbundene Gebäude, sondern jeder umgiebt sein Haus mit einem leeren Raum, entweder als Schutzmittel gegen Feuersgefahr oder aus Unkenntnis anderer Bauart." Dergleichen läßt sich aber, wie schon Möser (Osnabr. Gesch. I. S. 7) ganz richtig bemerkt, nicht von Leuten sagen, die kein festes Grundeigenthum haben. — Ueber die künstliche Düngung der Felder finden wir die erste Nachricht bei dem Naturforscher Plinius, welcher seine Historia naturalis ungefähr um das Jahr 77 n. Chr. vollendete. Dieser erzählt (XVII, 4), daß die Ubier, von welchen schon Cäsar (B. G. 4, 3) viel Lobendes zu sagen weiß, die Gewohnheit hätten, ihre Felder auf eine eigenthümliche Weise zu düngen, indem sie auf ihren sehr fruchtbaren Aeckern die Erde bis zu einer Tiefe von drei Fuß ausgrüben und hernach das Land mit einer fußhohen Schicht neuer Erde bestreuten. Daß hier nicht an das gewöhnliche Mergeln zu denken ist, leuchtet leicht ein, und eben so wenig können hier unter der aufgeschütteten Erde die sogenannten Plaggen oder Moorsoden verstanden werden (wie Möser, Osnabrückische Geschichte Bd. I. S. 82 annimmt); vielmehr ist hier offenbar dieselbe Art von Düngung gemeint, die noch jetzt in den fruchtbaren Marschen an der Elbe (z. B. im Lande Kehdingen) als die zweckmäßigste angesehen wird, und wobei die mergelartig aussehende sogenannte Kuhlerde in der Weise, wie dies Plinius andeutet, hervorgeholt wird und zur Verwendung kommt. Man würde aber sehr irren, wenn man aus der angeführten Bemerkung des

Plinius ohne Weiteres den Schluß ziehen wollte, daß die Germanen in einigen Gegenden schon rationelle Landwirthschaft getrieben hätten, und ebenso ist es ein Irrthum, der aber jetzt längst widerlegt ist, wenn einige aus einer Stelle des Plinius und Tacitus den Schluß gezogen haben, daß die Deutschen schon damals die sogenannte Dreifelderwirthschaft (Wintergetreide, Sommergetreide, Brache) gekannt hätten; denn wenn Plinius (H. N. 18, 49) das Wintergetreide in der Nähe von Trier erwähnt, so geschieht dies nur in dem Sinne, daß dort Sommerkorn zu bauen etwas Ungewöhnliches war, und die schon vorhin besprochene Stelle des Tacitus (Germ. 26 arva per annos mutant, et superest ager) besagt offenbar nur, daß in jährlichem Wechsel nicht die gesammte Feldflur, sondern nur ein Theil derselben der Bestellung unterworfen war. Auch läßt sich überhaupt nicht denken, daß die landwirthschaftliche Cultur bereits mit einem solchen Wirthschaftssystem bekannt gewesen sei, welches eine so planmäßige Ordnung des Anbaus und eine so bestimmte Tendenz zeigt, über den eigenen Bedarf hinaus Getreide zu bauen. Die alten Germanen ließen vielmehr, wie schon Cäsar (B. G. 6, 29) bemerkt, den Ackerbau ihre geringste Sorge sein, und es ist dies auch ganz ihrer damaligen Culturstufe entsprechend; denn das charakteristische Zeichen eines barbarischen Volkes oder eines solchen, welches erst die ersten Stufen der Civilisation erklommen hat, ist immer eine außerordentliche Indolenz und Sorglosigkeit in Betreff der Zukunft. So kam es denn auch, daß Gegenden, die jetzt eine Million fleißiger Arbeiter und Handwerker nähren, damals nicht im Stande waren, hunderttausend müßige Krieger und Leute, die mit der Vermehrung der Production durch höhere Bodencultur unbekannt waren, zu ernähren. Daher entstand denn auch häufig Hungersnoth und in Folge davon Auswanderung und Krieg. Die Hauptbeschäftigung aber war immer Viehzucht (wie denn auch Vieh ihre liebste Beute war), und außerdem Jagd und Fischfang, wozu ihnen die vielen Wälder, Bäche und Flüsse Gelegenheit genug darboten. Wie aber die Weiden und das Ackerland schon frühzeitig unter die einzelnen Gaue vertheilt wurden, so standen wahrscheinlich auch die Wälder nicht überall zu jedermanns freier Verfügung, sondern waren durch gewisse Markscheiden getrennt und den einzelnen Gauen und Gemeindeverbänden zugewiesen.

Was ferner den Garten- und Gemüsebau betrifft, so stand derselbe auf einer noch sehr niedrigen Stufe, und an Bergbau und die Gewinnung von Metallen wurde noch nicht gedacht. Das Eisen, das mächtigste Werkzeug der Industrie, war nur in geringer Menge vorhanden und wurde hauptsächlich durch den Handel mit andern Völkern gewonnen. Man benutzte dasselbe zur Verfertigung der nothdürftigsten Ackergeräthschaften und Waffen, unter welchen letzteren die framea, das ist eine sehr lange, vorn mit einem spitzen, kurzen Eisen versehene Lanze, die man mit großer Geschicklichkeit zu schleudern verstand, die größte Berühmtheit erlangt hat. Die framea (welches Wort sich noch in dem deutschen Ausdruck Pfrieme erhalten hat) und ein Schild bildeten bei den ersten Kämpfen mit den Römern die einzige Ausrüstung eines germanischen Kavaleristen; nur in dem Heere der Kimbern, die sich, ehe sie an den römischen Grenzen erschienen, mit Volksstämmen von der unteren Donau und vom schwarzen Meere her vereinigt hatten, waren schon Krieger mit Panzern, Helmen, Schilden und Schwertern.

Ganz anders aber gestalteten sich die Verhältnisse, sobald die Römer am Rhein und an der Donau Fuß gefaßt hatten. Wälder wurden gelichtet und ausgerodet, und Sümpfe ausgetrocknet, wodurch nicht nur die Rauhheit des Klimas, welches in dem Anfange unserer Zeitrechnung in dem eigentlichen Teutschland etwa dem jetzigen Klima von Canada entsprechen mochte, im Laufe der Zeiten gemildert wurde, sondern auch größere Strecken Landes für die Cultur gewonnen wurden. Auch wurden bald neue Fruchtarten (denn bisher hatte man meistens nur Hafer und Roggen gebaut) bekannt und verbreitet. In vielen Gegenden wurde außerdem der Grund und Boden durch die römischen Feldmesser (metatores und gromatici) vermessen und dann römischen und germanischen Colonisten (häufig ausgedienten Soldaten) zugewiesen; und wenn es erlaubt ist, aus den Volksgesetzen und Kapitularien Karls des Großen einen Rückschluß zu machen, so läßt sich wol annehmen, daß die landwirthschaftliche Entwickelung, wenigstens am Rhein, und namentlich im Elsaß, schon zur Römerzeit nicht niedrig anzuschlagen ist. Und daß die Römer in jeder Hinsicht dahin streben mußten, den Ackerbau in diesen Gegenden zu heben, war, abgesehen davon, daß hierdurch ihre Einnahmequellen bedeutend gesteigert wurden, schon insofern nothwendig, als man jahraus jahrein bedeutende Heeresmassen zum Schutze der Grenzen unterhalten mußte. Zu den Zeiten des Germanicus z. B. standen in der Gegend von Xanten 8 Legionen, also ungefähr 50,000 Mann, und wenn auch später die Anzahl derselben an dieser Stelle vermindert wurde, so mußte doch den ganzen Rhein entlang stets eine Armee von mindestens 100,000 Mann, von denen noch dazu viele verheirathet waren, unterhalten werden. — Ferner wurde auch der Garten- und Gemüsebau vervollkommnet. Von den

Römern wurden feinere und seltnere Gartengewächse und fast alle Obstarten eingeführt, und von Deutschland aus gingen bald Rettige und Mohrrüben, Pastinaken und rheinische Spargeln auf die Tafeln der Vornehmen in Italien. Der gartenmäßige Anbau in größerem Betriebe gewann durch die Beschaffenheit des Terrains und die Gunst des Klimas am Rhein bald die weiteste Ausdehnung, indem die Bürger der zahlreichen Städte, die zum großen Theil aus römischen Colonieen hervorgegangen waren, die kleinen Grundstücke, in die ihre Fluren zerfielen, gartenmäßig bewirthschafteten, und von hier aus verbreitete sich die Kunde davon auch zu den frei gebliebenen Stämmen, und später mit den Klöstern in alle Theile Deutschlands. Karl der Große giebt in seinem capitulare de villis bereits ein Verzeichnis von 73 Garten- und Arzneipflanzen, ohne das Obst, welche auf jeder seiner Meiereien gezogen werden sollten. Vom dritten Jahrhundert an wurden auch die Ufer des Rheins und der Mosel mit Reben bepflanzt. Das Verdienst hiervon gebührt besonders dem Kaiser Probus, der zwar nur wenige Jahre (276—282) regiert hat, aber in dieser kurzen Zeit sich um die Cultur der Rhein- und Donaugegenden große Verdienste erworben hat. Aber nicht blos der Anbau des Bodens wurde unter der römischen Herrschaft gefördert, sondern es wurden auch die reichen Schätze, welche im Innern der Erde verborgen waren, aufgesucht und benutzt. Nun erst begann der echte Bergbaubetrieb, und viele noch jetzt in Betrieb befindliche Bergwerke sind römischen Ursprungs. In Noricum z. B. wurden Eisenbergwerke ausgebeutet, in der Gegend von Wiesbaden war ein Silberbergwerk (Tac. ann. 11, 20), von welchem noch jetzt Spuren vorhanden sind. Auch die warmen und mineralischen Quellen, die noch jetzt in Baden-Baden, Homburg, Wiesbaden, Ems, Aachen, Niederbronn im Elsaß und an anderen Orten jährlich Tausenden von Menschen Heilung und Erquickung gewähren, waren schon von den Römern entdeckt, benutzt und schön überbaut. Baden-Baden (civitas Aurelia Aquensis) wurde von Trajan gegründet; als Verschönerer der dortigen Bäder ist aber wahrscheinlich der Kaiser Caracalla zu betrachten, dem eine dort aufgefundene Inschrift gewidmet ist. Es ist dies derselbe Mann, der in Rom im Jahre 216 n. Chr., ein Jahr vor seinem Tode, den Bau der prachtvollen Thermen veranstaltete, die aber erst lange nachher vollendet wurden, und deren Trümmer noch im 15. Jahrhundert allgemeine Bewunderung erregten.

IV. Endlich zeigte sich der Einfluß der Römer auch in der Verbreitung von Wissenschaften, Künsten und gemeinnützigen Kenntnissen aller Art. Nach allen Berichten, die uns über die Zustände der alten Germanen überliefert sind, können dieselben in den Zeiten, wo sie zuerst mit den Römern in nähere Berührung kamen, zwar nicht als eine wilde, in dem Zustande der ursprünglichen Naturfreiheit und dem Rechte des Stärkeren lebende Nation angesehen werden, doch findet sich noch kaum eine Annäherung an geregelte Staatsverfassungen. Namentlich gilt dies von den Sueben, die uns, wie ich schon vorhin angedeutet habe, als Ackerbau treibende Nomaden*) geschildert werden, während bei den übrigen Germanen sich bereits die ersten Anfänge eines auf den Grundbesitz und die Vereinigung mehrerer Nachbarn zu kleineren und größeren Genossenschaften gegründeten und der Freiheit des Einzelnen einen möglichst großen Spielraum gestattenden Volkslebens ausgebildet hatten. Bei allen Germanen aber vertraten die Sitte und das Herkommen die Stelle der geschriebenen Gesetze. Handwerke und Künste waren nur wenig bekannt und geübt: nur die mit den Galliern in eine häufigere Berührung gekommenen Stämme waren vielleicht etwas weiter darin vorgeschritten. Man verstand das Eisen zu schmieden; Felle wurden zu Kleidungsstücken und Schilden verarbeitet, Leinwand wurde gewebt, Quellsalz gesotten, Meth und eine Art Bier bereitet. Was aber die geistige Bildung betrifft, so fehlte diese noch gänzlich, und sogar die Schreibekunst war noch zu den Zeiten des Tacitus unter ihnen unbekannt. Daher kann es uns nicht wundern, wenn die Römer auf sie den ganzen Zauber überlegener Kenntnisse und Künste, welche auf die barbarischen und halbbarbarischen Völker immer einen mächtigen Eindruck zu machen pflegen, ausübten. Und wie früh schon dieser Zauber einer höheren Bildung und zugleich die Sehnsucht, die Pracht und Herrlichkeiten der alten Weltstadt an der Tiber kennen zu lernen, wirken mußte, das sehen wir z. B. daraus, daß schon im Anfange unserer Zeitrechnung die Söhne vornehmer Häuptlinge — ich erinnere, um nur ein Beispiel anzuführen, an Arminius und seinen ihm ungleichen Bruder Flavius, die Söhne eines Häuptlings in der Wesergegend — in Rom erzogen wurden und in dem römischen Kriegsdienste sich Ruhm und Ehre zu erwerben suchten. Und dieses Dienen im

---

*) Unter allen Germanen haben die Sueben jedenfalls am längsten nomadenhafte Gewohnheiten behalten. Bei Cäsar (B. G. I. 36) erzählt z. B. Ariovist, seine Krieger seien in 14 Jahren nicht unter Dach und Fach gekommen; und was uns Tacitus (Germ. 38) über ihre Sitten meldet, klingt, wie schon Wenck (Hessische Landesgeschichte II. S. 108) ganz richtig bemerkt, fast so, als wenn man die Irokesen oder irgend einen andern Indianerstamm schildern hörte.

römischen Heere, wozu sich nicht bloß die Söhne der Vornehmen, sondern auch ganze Schaaren aus dem eigentlichen Volke drängten, griff bald immer weiter um sich und trug zur Verbreitung der allgemeinen Bildung und zur Anbahnung einer höheren Cultur unter ihren Landsleuten bei. Schon Cäsar hatte erkannt, wie gut die Kraft und der Muth der Germanen zu verwerthen sei. Bei der Capitulation von Alesia (jetzt Alise im Departement Côte d'or) im Jahre 52 v. Chr., die ein früheres Seitenstück zu der Capitulation von Sedan bildet, indem sich 80,000 Gallier dem Cäsar auf Gnade und Ungnade ergeben mußten, spielten die germanischen Truppen eine nicht unwichtige Rolle, und nachmals hatte Cäsar seinen Sieg über Pompejus in der Schlacht bei Pharsalus theilweise germanischen Söldnerschaaren zu verdanken. Später aber waren fast durch das ganze römische Reich germanische Söldner mit den römischen Soldaten vereinigt.

Je mehr sich aber die Herrschaft der Römer an den Grenzen Germaniens befestigte, desto mehr wurden auch die Schätze der griechisch-römischen Cultur verbreitet und allgemein zugänglich. Besonders war in den Zeiten Hadrians und der Antonine die Liebe zu den Wissenschaften durch das ganze Reich verbreitet. Ueberall entstanden in den größeren Städten Schulen und Bibliotheken, und die römischen Buchhändler verschickten die neuesten Erzeugnisse der Literatur nach allen Weltgegenden. Vergil und Ovid wurden abgeschrieben und gelesen an den Ufern des Rheins und der Donau. An ein tieferes Eindringen in die geistigen Schätze, welche die Römer brachten, ist aber bei den Deutschen in den Zeiten, die wir hier vor Augen haben, noch nicht zu denken; dies blieb erst späteren Jahrhunderten vorbehalten.

Hiermit glaube ich die Hauptpuncte, in denen sich der Einfluß der Römer auf die Cultur der Germanen zeigt, hervorgehoben zu haben. Es darf aber nicht unerwähnt bleiben, daß dieser Einfluß sich noch lange nachher, als das römische Weltreich bereits in Trümmern lag, geltend machte und zwar bei denjenigen germanischen Völkerschaften, die mit den Römern in der engsten Verbindung gestanden hatten und mit den römischen Sitten und Einrichtungen am vertrautesten geworden waren, am meisten. Am stärksten zeigt er sich noch später in der Verbreitung der Sprache und der Gesetze der Römer, sowie in den nach römischem Muster gebildeten städtischen Verfassungen und Einrichtungen. Was aber schließlich den sittlichen Einfluß betrifft, so blieb, wenn auch einzelne Volksstämme darunter erlagen doch der Kern und die große Mehrzahl der Germanen von dem tödtlichen Anhauche des römischen Sittenlebens verschont, und indem sie diejenigen Tugenden, welche Tacitus, ihr größter Lobredner, an ihnen rühmt, bewahrt und später durch Annahme einer neuen Weltreligion noch verklärt hatten, waren sie vor allen andern Völkern dazu befähigt und berufen, die Verjünger der Welt und die Begründer einer neuen Weltordnung zu werden.

Bericht
über das Schuljahr von Ostern 1871 bis Ostern 1872.

A. Lehrverfassung.
I. Lehrplan.
Prima.

1. **Religionsunterricht:** a. evangelischer: Glaubens- und Sittenlehre nach Hollenberg. Uebersicht der Kirchengeschichte seit der Reformation. Erklärung des Römerbriefes. Wiederholung der Kirchenlieder. 2 St. (S.) Ehrlenholtz. (W.) Büning.

   b. katholischer: Die Lehre von der Kirche. Das Werk der Erlösung und Heiligung. Geschichte der Kirche von Karl d. Gr. bis zur Ausbreitung der Reformation ausserhalb Deutschlands I—III. comb. 2 St. Menge.

2. **Deutsch:** (S.) Schiller's Wallenstein. (W.) Auswahl der kleineren prosaischen Abhandlungen Schiller's. — Uebungen im Disponiren und im freien Vortrage. — Alle 4 Wochen ein Aufsatz. 3 St. (S.) Ritter. (W.) Schmidt.

3. **Lateinisch:** a. Grammatik: Syntax und Repetition der Formenlehre. Einiges aus der Stilistik. Alle 14 Tage ein Exercitium oder Extemporale. b. Lectüre: (S.) Verg. Aen. I. II. III. (W.) Livius I. XXI. Cic. Laelius. 3 St. Schmidt.

4. **Französisch:** a. Lectüre: (S.) Ponsard, Agnès de Méranie. (W.) Aus dem Plötz'schen manuel de la littérature française die Bruchstücke von Thierry, Barthélemy et Méry, Mignet, Thiers, Augier, Rémusat, A. de Vigny.

   b. Grammatik: Plötz, nouvelle grammaire française, cap. I. IV. Alle 14 Tage ein Exercitium, alle 2 Monate ein Aufsatz. 4 St. (S.) Ritter. (W.) Gräfer.

5. **Englisch:** a. Lectüre: (S.) Shakspeare, King Richard II. (W.) Aus Herrig's classical authors Fragmente von Dickens, Scott, Byron. b. Grammatik: Wiederholung derselben nach Plate's Schulgrammatik. Mündliche und schriftliche Uebersetzungen nach Herrig's Aufgaben zum Uebersetzen aus dem Deutschen in das Englische. Alle 14 Tage ein Exercitium, alle zwei Monate ein Aufsatz. 3 St. (S.) Ritter. (W.) Bunte.

6. **Geographie:** Mathematische Geographie. Vergleichende Erdkunde der aussereuropäischen Erdtheile mit Berücksichtigung der Handelsverhältnisse und der Industrie. 1 St. (S.) Matthäi. (W.) Gräfer.

7. **Geschichte:** Deutsche Geschichte bis 1648. Englische Geschichte. 2 St. (S.) Matthäi. (W.) Gräfer.

8. **Naturkunde:** a. Physik: Mechanik der festen, flüssigen und luftförmigen Körper nebst Wiederholungen aus der Lehre vom Magnetismus und der Electricität. 2 St. Giesel.

   b. Chemie: Nach Wiederholung des 2. Cursus des Schreiber'schen Grundrisses der

unorganischen Chemie ward der 1. Cursus behandelt. 2 St. Bender. c. Geognosie:
(S.) Petrographie. (W.) Paläontologie. 1 St. Bender.

9. **Mathematik**: Gleichungen des 2. Grades mit mehreren Unbekannten. Gleichungen des 3. und
4. Grades. Arithmetische Reihen höherer Ordnungen. Kettenbrüche. Diophantische Gleichungen. Elemente der Zahlentheorie und der Lehre von den Determinanten. Analytische
Geometrie. Kegelschnitte. Maxima und Minima nebst Wiederholungen aus der Planimetrie,
Trigonometrie und Stereometrie. 6. St. Giesel.

10. **Zeichnen**: a. Geometrisches Zeichnen: Projection von Kegelschnitten und Körpern.
Schattenconstruction. 1 St. Hake. b. Freihandzeichen: Landschaften, Ornamente,
Arabesken, Thier- und Blumenstudien. 2 St. Hake.

Secunda.

1. **Religionsunterricht**: Wiederholung des Katechismus mit besonderer Berücksichtigung seiner
inneren Gliederung. Lesung des Evangeliums des Johannes. Hauptsachen der Kirchengeschichte bis zur Reformation. 2 St. (S.) Ehrlenholtz. (W.) Büning.

2. **Deutsch**: (S.) Herder's Cid. (W.) Lessing's Minna von Barnhelm. Uebungen im Disponiren. Alle vier Wochen ein Aufsatz. 3 St. (S.) Ritter. (W.) Schmidt.

3. **Lateinisch**: G*): a. Grammatik: Repetition und Erweiterung der Formenlehre und Syntax
nach Berger. Hauptpunkte der Stilistik. Wöchentlich ein Exercitium und alle vierzehn
Tage ein Extemporale zur Repetition der syntaktischen Regeln mit Berücksichtigung der
Synonymik und Phraseologie. Vierteljährlich ein Aufsatz. 3 St. (S.) Matthäi. (W.)
Rückelhahn. b. Lectüre: Cic. oratt. pro Murena, de Cn. Pompeji imperio, pro
Milone. Sall. Bell. Jug. 4 St. (S.) Matthäi. (W.) Rückelhahn. Verg. Aen.
I. III—V. 2 St. (S.) Ehrlenholtz. (W.) Gräfer.

   R: a. Grammatik: Wiederholung der Formenlehre und Syntax. Extemporalien
zu den behandelten syntaktischen Regeln; im Anschluß hieran einige Capitel der Stilistik
Lehre von der Quantität und dem Hexameter. Alle 14 Tage ein Exercitium und
Extemporale. b. Lectüre: Ovid. Met. i. und II. mit Auswahl. Sall. Bell. Cat.
4 St. (S.) Matthäi. (W.) Schmidt.

4. **Französisch**: G: a. Grammatik: Aus der Schulgrammatik von Plötz Section 46 bis 76.
Alle 14 Tage eine schriftliche Arbeit. b. Lectüre: Ausgewählte Stücke der lectures.
choisies von Plötz. 2 St. (S.) Ehrlenholtz. (W.) Gräfer.

   R: a. Grammatik: Wiederholung der Formenlehre. Nach der Plötz'schen Schulgrammatik wurde die ganze Syntax theils repetirt, theils durchgenommen. b.
Lectüre: (S.) Voltaire, Zaïre. (W.) Ploetz, manuel de la littérature française: Voltaire, Rousseau, Diderot. 4 St. (S.) Ritter. (W.) Gräfer.

5. **Englisch**: 1. G.: Grammatik nach Plate. Lectüre aus dem dritten Theile des Callin'schen
Lesebuches. Alle 14 Tage eine schriftliche Arbeit. 2 St. Büning.

   2. R: a. Grammatik: Einzelne Abschnitte der Syntax nach Plate's Schulgrammatik. Extemporalien. Alle 14 Tage eine schriftliche Uebersetzung. b. Lectüre:
Goldsmith, history of England. (S.) Lectüre aus dem dritten Theile des Callin'-
schen Lesebuches. 3 St. (S.) Ritter. (W.) Bunte.

6. **Griechisch**: G. Repetition und Erweiterung der Formenlehre und Syntax nach Kühner. Wöchentlich ein
Exercitium oder Extemporale. 2 St. Bunte. b. Lectüre: Hom. Ilias I. IX, XII.

---

*) G = Gymnasialabtheilung, R = Realabtheilung. In denjenigen Unterrichtsgegenständen, bei welchen eine
Trennung nicht besonders bemerkt ist, waren beide Abtheilungen combinirt.

XIV und XV. 2. St. Matthäi. (W.) Schmidt. Schnitzer's Chrest. Herod. p. 45 bis 80). Xen. Mem. l. I. und 11. mit Auswahl. 2 St. Bunte.

7. **Geographie und Geschichte:** Mathematische Geographie. Die außereuropäischen Erdtheile. Wiederholung der Geographie Europa's. 1 St. (S.) Matthäi. (W.) Gräfer. — Geschichte der orientalischen Reiche. Griechische Geschichte bis zur Schlacht bei Ipsus. Römische Geschichte bis Augustus. 2 St. (S.) Matthäi. (W.) Gräfer.

8. **Naturkunde:** a. Physik: Wärmelehre. Lehre vom Magnetismus und der Electricität. (S.) 3 St. Giesel. (W.) 2 St. Zopf.

    R: b. (S.) Botanik: Einleitung. Linné'sches und natürliches System. Beschreibung der wichtigsten Pflanzen der einzelnen Familien. Pflanzengeographie. (W.) Mineralogie: Allgemeine und specielle Oryktognosie. 2 St. Bender.

    c. (W.) Chemie: Die wichtigeren Elemente nach ihren Eigenschaften und hauptsächlichen Verbindungen. 1 St. Bender.

9. **Mathematik:** Gleichungen des 1. und 2. Grades mit einer und mehreren Unbekannten. Arithmetische und geometrische Progressionen. Zinseszins- und Rentenrechnung. (W.) Stereometrie. 3 St. Giesel. **R:** Lehre von den Potenzen mit negativen und gebrochenen Exponenten. Logarithmen. Wiederholung des arithmetischen Pensums der vorhergehenden Classen, im Anschluß daran Wechselrechnung, Arbitragerechnung, einfache und zusammengesetzte Waarencalculationen. 3 St. Giesel.

10. **Zeichnen:** **R:** Landschaften, Arabesken, Studienköpfe, Anfangsgründe der Perspective. 2 St. Hale.

<h2 style="text-align:center">Tertia.</h2>

1. **Religionsunterricht:** Biblische Geschichte des alten Testaments. Eingehende Besprechung des zweiten Hauptstückes, Wiederholung des ersten und dritten nebst den zugehörigen Sprüchen und Liedern. 2 St. (S.) Ehrenholtz. (W.) Büning.

2. **Teutsch:** A. comb.: Lesung und eingehende Besprechung ausgewählter Sprachstücke des zweiten Theiles des Wackernagel'schen Lesebuchs. Nach Wiederholung des grammatischen Pensums der vorangehenden Classen Erweiterung der Lehre vom zusammengesetzten Satze, die Periode. Erläuterung der wichtigeren Versmaße. Dispositionsübungen. Alle drei Wochen ein Aufsatz. 3 St. (S.) Ehrenholtz. (W.) Gräfer.

    B. comb.: Lesung und eingehende Besprechung ausgewählter Sprachstücke des zweiten Theiles des Wackernagel'schen Lesebuchs. Die Lehre vom Satze, specieller vom zusammengesetzten Satze nebst Repetition des früheren Pensums. Uebungen im Disponiren. Alle 3 Wochen ein Aufsatz. 3 St. (S.) Schmidt. (W.) Rückelhahn.

3. **Lateinisch:** G: a. Grammatik: Repetition der Formenlehre und Einübung der Syntax nach Berger. Uebungen im Uebersetzen nach Berger's stilistischen Vorübungen. Wöchentlich ein Exercitium oder Extemporale. 3 St. (S.) Bunte. (W.) Rückelhahn. b. Lectüre: Caes. Bell. Gall. I. bis 11. 2 St. (S.) Matthäi. (W.) Rückelhahn. Caes. Bell. civ. I. 2 St. Bunte. Ovid. Met. VIII und IX mit Auswahl. 2 St. (S.) Ehrenholtz. (W.) Bunte.

    R. A: a. Grammatik: Wiederholung des früheren grammatischen Pensums; specieller ward aus der Syntax die Lehre vom Satze behandelt (Berger §. 250 ff.). Alle 14 Tage ein Exercitium. b. Lectüre: Caes. Bell. Gall. I und II. 5 St. (S.) Schmidt. (W.) Wendlandt.

    R. B.: a. Grammatik: Wiederholung der Formen- und Casuslehre; darnach ward specieller die Lehre vom Verbum und den Verbalconstructionen durchgenommen

(Berger S. 205 bis 250.). Alle 14 Tage ein Exercitium. b. Lectüre: Caes. Bell. Gall. I. 5 St. Schmidt.

4. **Französisch**: G: a. Lectüre: Plötz, lectures choisies, Sect. I und II. b. Grammatik: Aus der Schulgrammatik von Plötz Lection 1—23. Alle 14 Tage eine Arbeit. 2 St. Büning.

R. A.: a. Lectüre: Plötz, lectures choisies, Sect. III und IV. b. Grammatik: Aus der Schulgrammatik von Plötz Lection 1—39. Wöchentlich ein Exercitium. 4 St. (S.) Ehrenholtz. (W.) Zopf.

R. B.: a. Lectüre: Plötz, lectures choisies, Sect. I und II. b. Grammatik: Aus der Schulgrammatik von Plötz Lection 1—27. Wöchentlich ein Exercitium. 4. St. (S.) Brinkmann. (W.) Zopf.

5. **Englisch**: R. A.: Lection 1 bis 60 des vollständigen Lehrganges der englischen Sprache von H. Plate, zweiter Theil (Mittelstufe). Alle 14 Tage ein Exercitium. 4 St. Bender.

R. B.: Lection 1 bis 58 des vollständigen Lehrganges der englischen Sprache von H. Plate, erster Theil (Elementarstufe). Alle 14 Tage ein Exercitium. 4 St. Bender.

6. **Griechisch**: G.: a. Lectüre: Hom. Od. l. VII, VIII. 2 St. (S.) Matthäi. (W.) Rückelhahn. Xen. Anab. l. V. 2 St. Bunte. b. Grammatik: Einübung der Formenlehre; aus der Syntax speciell die Casuslehre. Wöchentlich ein Exercitium oder Extemporale. 2 St. Bunte.

7. **Geographie**: Wiederholung des Quartapensums, darnach Geographie von Asien, Afrika, Amerika und Australien. 2 St. (S.) Matthäi. (W.) Schmidt.

8. **Geschichte**: Wiederholung der alten Geschichte. Teutsche Geschichte bis 1648. 2 St. Schmidt.

9. **Naturgeschichte**: (S.) Botanik: Einleitung. Einübung des Linné'schen Systems; Uebungen im Bestimmen der wichtigsten Pflanzen-Gattungen und Arten nach demselben. 2. St. Bender. (W.) Zoologie: A. comb.: Einleitung. Säugethiere, Vögel, Amphibien. 2 St. Zopf. B. comb.: Einleitung. Die Wirbelthiere. 2 St. Bender.

10. **Mathematik**: G: Wiederholung der Planimetrie bis zu den Parallelogrammen. Vergleichung der Parallelogramme und Dreiecke nach ihrem Flächeninhalt. Lehre von der Aehnlichkeit der Figuren. Lehre von den Proportionen und deren Anwendung auf die Rechnungen des bürgerlichen Lebens. 3 St. Müller.

R. A.: Wiederholung der Kreislehre und der Lehrsätze von der Gleichheit der Parallelogramme und Dreiecke nach ihrem Flächeninhalt. Reguläre Polygone. Berechnung des Kreises und seiner Theile. Proportionen im Kreise. — Wiederholung der Lehre von den Proportionen. Lehre von den Potenzen und Wurzelgrößen, Buchstabenrechnung. Gleichungen des 1. Grades. 6 St. Hake.

R. B.: Wiederholung der Planimetrie bis zu den Parallelogrammen. Lehrsätze von den Sehnen und Tangenten. Vergleichung der Parallelogramme und Dreiecke nach ihrem Flächeninhalt. 3 St. (S.) Giesel. (W.) Zopf. — Lehre von den Proportionen, Kettenrechnung, einfache und zusammengesetzte Regeldetri, Zinsrechnung, Rabatt- und Tara-Rechnung, einfache und zusammengesetzte Gesellschaftsrechnung. Mischungsrechnung. Buchstabenrechnung. 3 St. Hake.

11. **Zeichnen**: R: Ornamente, Arabesken, Landschaften, ausgeführt in Blei und Kreide. 2 St. Hake.

Quarta.

1. **Religionsunterricht**: a. evangelischer: Biblische Geschichte des alten Testaments nach Kohlrausch von Nr. 67 bis zum Schluß und des neuen Testaments von Nr. 24 bis 46. Eingehende Behandlung des Gesetzes und des Gebetes des Herrn. 2 St. Büning.

  b. katholischer: Viertes Hauptstück des Katechismus; Lehre von der Gnade und den Gnadenmitteln, Sacramente. Geschichte des alten Testaments bis zu den Machabäern. IV bis VI. 3 St. Menge.

2. Deutsch: Eingehende Besprechung ausgewählter Sprachstücke. Wortbildungslehre und Wiederholung des bisherigen grammatischen Cursus mit besonderer Berücksichtigung der Satzlehre. Alle drei Wochen eine schriftliche Arbeit (Erzählungen, Beschreibungen, Uebertragungen). 3 St. (S.) Schmidt. (W.) Wendlandt.

3. Lateinisch: G: a. Grammatik: Wiederholung und Erweiterung der Formenlehre. Einleitung in die Syntax. Casuslehre. Lehre vom Infinitiv und Participium. Mündliche und schriftliche Uebersetzungen aus dem 3. Theile des Spieß'schen Uebersetzungsbuches. Wöchentlich ein Exercitium. 5 St. (S.) Bunte. (W.) Wendlandt. b. Lectüre: Tir. poet. von Siebelis p. 1—8, p. 18—21, p. 55—57. 2 St. (S.) Ritter. (W.) Gräser. Comb. mit R: Corn. Nep. Miltiades, Themistocles, Aristides, Hannibal. 2 St. (S.) Ritter. (W.) Wendlandt.

  R: a. Grammatik: Wiederholung der Formenlehre. Casuslehre. Lehre vom Infinitiv und Participium. Extemporalien. Alle 14 Tage ein Exercitium. 4 St. (S.) Schmidt. (W.) Wendlandt. b. Lectüre: Corn. Nep. Miltiades, Themistocles, Aristides, Hannibal, comb. mit G.

4. Französisch: G: Aus der Plötz'schen Elementargrammatik Lection 61 bis 90. Alle 14 Tage ein Exercitium. 2 St. Brinkmann.

  R: Nach Wiederholung der früheren Lectionen der Plötz'schen Elementargrammatik eingehendere Behandlung und Einprägung von Lection 61 an bis Ende. Uebersetzung und Erklärung der Lesestücke des Anhanges. Wöchentlich ein Exercitium. 4 St. Büning.

5. Griechisch: G: Grammatik nach Kühner (§. 1 bis 100). Lectüre nach dem Lesebuche von Jacobs p. 1 bis 32. Wöchentlich ein Exercitium. 5 St. Bunte.

6. Geographie: Wiederholung der Geographie von Deutschland, darauf die außerdeutschen Länder Europa's. 2 St. (S.) Schmidt. (W.) Wendlandt.

7. Geschichte: Geschichte der ältesten Staaten; griechische Geschichte bis Alexander d. Gr. einschließlich und römische Geschichte bis Titus. 2 St. (S.) Schmidt. (W.) Wendlandt.

8. Naturgeschichte: Beschreibung der wichtigsten Pflanzenfamilien nach ihren hervorragenderen Repräsentanten (S.). Säugethiere, Vögel, Reptilien, Fische (W.). 2 St. Bender.

9. Mathematik: G: a. Arithmetik: Wiederholung der Rechnung mit gemeinen und Decimal-Brüchen. Neue Maße und Gewichte. Geometrische Proportionen. Regeldetri und Zinsrechnung. b. Geometrie: Anfangsgründe der ebenen Geometrie bis zu den Parallelogrammen. Alle 14 Tage eine Arbeit. 3 St. Hake.

  R: a. Arithmetik: Wiederholung und eingehendere Begründung der Rechnung mit gemeinen und Decimal-Brüchen. Neue Maße und Gewichte. Lehre von den geometrischen Proportionen. Einfache und zusammengesetzte Regeldetri, Zins-, Rabatt-, Tara-, Gesellschaftsrechnung, Quadratwurzelausziehung. b. Geometrie: Einleitung in die Geometrie. Die ebene Geometrie bis zu den Parallelogrammen einschließlich. Alle 14 Tage eine Arbeit. 6 St. Bender.

10. Schreiben: R: Reinschriften von Geschäftsaufsätzen nach Vorlagen. 2 St. Richter.

11. Zeichnen: Fortsetzung der Uebungen im Freihandzeichnen nach Hermes'schen Vorlegeblättern (Ornamente, Arabesken, kleinere Landschaften). 2 St. Hake.

Quinta.

1. **Religionsunterricht**: Geographie Palästina's. Biblische Geschichten des alten Testaments nach Kohlrausch No. 1 bis 66 und des neuen Testaments No. 1 bis 23. Besprechung der Festkreise. Wiederholung des 1. Hauptstückes. Erklärung der drei Artikel des christlichen Glaubens. 3 St. Richter.

2. **Deutsch**: Eingehende Besprechung ausgewählter Sprachstücke des 3. Theiles des Hansen'schen Lesebuches. Uebungen im Erzählen und im Vortrage memorirter Sprachstücke. Wiederholung des grammatischen Pensums der Serta: darnach specieller die Lehre vom einfach erweiterten und zusammengezogenen Satze. Alle 14 Tage ein Dictat, alle drei Wochen eine größere Arbeit (Erzählungen, Beschreibungen). 4 St. Brinkmann.

3. **Lateinisch**: Wiederholung des Sertapensums; im Anschluß hieran wurden durchgenommen und gelernt die Ausnahmen von der regelmäßigen Declination, die Genusregeln, die Deponentia, die wichtigsten Verba mit unregelmäßigem Perfectum und Supinum, die Präpositionen, die wichtigsten Conjunctionen. Eingeübt ward sodann noch die Construction des Acc. c. Inf. und des Abl. abs. Parallel mit der Behandlung dieses grammatischen Pensums gingen die Uebungen im Uebersetzen aus dem Lateinischen in das Deutsche und aus dem Deutschen in das Lateinische nach den Spieß'schen Uebungsbüchern für VI und V. Alle 14 Tage ein Exercitium. 6 St. (S.) Büning. (W.) Rüdelhahn.

4. **Französisch**: Mündliche und schriftliche Einübung der Lectionen 1 bis 60 der Plötz'schen Elementargrammatik nebst Aneignung einer tüchtigen Vocabelkenntniß. Alle 14 Tage ein Exercitium. 5 St. Brinkmann.

5. **Geographie und Geschichte**: Wiederholung des Sertapensums, daran die physische und politische Geographie Deutschlands. Biographische Erzählungen aus der mittleren und neueren (— vorzüglich der deutschen und preußischen —) Geschichte. 3 St. (S.) Bunte. (W.) Zopf.

6. **Naturgeschichte**: Beschreibung der wichtigeren Pflanzen (S.) und Thiere (W.) 2 St. Brinkmann.

7. **Rechnen**: Wiederholung der Bruchrechnung. Decimalbrüche. Neue Maße und Gewichte. Verhältnißrechnung. Regeldetri. Zinsrechnung. Alle 14 Tage eine größere Arbeit. 4 St. Brinkmann.

8. **Schreiben**: Fortsetzung der Uebungen in der Darstellung der deutschen und lateinischen Schriftzeichen und deren Zusammensetzung zu Wörtern und Sätzen. 2. St. Richter.

9. **Zeichnen**: Fortsetzung der Uebungen im Freihandzeichnen nach Vorlegeblättern der Hermes'schen Zeichenschule. 2 St. Richter.

Serta.

1. **Religionsunterricht**: Ausgewählte biblische Geschichten des alten und neuen Testaments. Erklärung und Einprägung der zehn Gebote, sowie der zugehörigen Sprüche und Kirchenlieder. 3 St. Richter.

2. **Deutsch**: Neben den Leseübungen besondere Besprechung ausgewählter Sprachstücke des zweiten Theiles des Hansen'schen Lesebuchs. Wortlehre nach Brinkmann's Leitfaden. Uebungen in der Orthographie und Interpunktion. Die Lehre vom einfachen Satze. Wöchentlich ein Dictat. Alle drei Wochen eine größere Arbeit (Erzählungen, Nachbildungen). 4 St. Richter.

3. **Lateinisch**: Einübung der zugehörigen Formenlehre bis zu den regelmäßigen Conjugationen einschließlich nach dem Spieß'schen lateinischen Uebersetzungsbuche für Serta Cap. 1 bis XIX incl. nebst Einprägung der zugehörigen Vocabeln. Wöchentlich ein Exercitium. 8 St. Büning.

4. **Geographie und Geschichte**: Erörterung der wichtigsten Begriffe der physikalischen Geographie. Kurze Uebersicht der Erdtheile, specieller darnach von Europa, Deutschland und der engeren

Heimath. Biographische Erzählungen aus der alten Geschichte. 3 St. (S.) Hake. (W.) Zopf.

5. **Naturgeschichte**: Beschreibung der wichtigsten Pflanzen (S.) und Thiere (W.). 2 St. (S.) Bender. (W.) Zopf.

6. **Rechnen**: Die vier Species in ganzen benannten Zahlen und Brüchen nach dem Stufengange von Krancke's Rechenbuch (1. bis incl. 4. Abschnitt). Alle 14 Tage eine größere Arbeit. 5 St. Brinkmann.

7. **Schreiben**: Uebungen in der Darstellung der deutschen und lateinischen Schriftzeichen und deren Zusammensetzung zu Wörtern. 2 St. Richter.

8. **Zeichnen**: Uebungen im Zeichnen von Linien in verschiedener Richtung und Zusammensetzung. Im Anschluß hieran Uebungen im Freihandzeichnen nach Hermes'schen Vorlegeblättern. 2 St. Richter.

Der Unterricht im **Singen** ward in 2 Abtheilungen ertheilt. In der ersten Singclasse wurden Choräle, liturgische Chöre, Motetten und Lieder vierstimmig gesungen. 2 St. Richter. In der zweiten Singclasse wurden Choräle und zwei- und dreistimmige Volkslieder eingeübt und damit nach dem Lehrgange von H. Bönicke Treffübungen und Uebungen in der Dur-Tonleiter verbunden. 2 St. Richter.

Turnen. Im Sommer turnten sämmtliche Schüler in zwei Abtheilungen (— die erste in 10 Riegen geordnet jeden Montag und Freitag von 4—5 Uhr nachmittags und die zweite in 7 Riegen jeden Dienstag und Donnerstag 4—5 Uhr —). Neben gemeinschaftlichen Freiübungen am Anfange und zum Schluß wechselten die Riegen mit Uebungen am Barren, Reck, Bock, im Laufen und Springen ab. Während des Winters fanden in den oben erwähnten Stunden nur Freiübungen mit den einzelnen Abtheilungen der verschiedenen Classen statt. 4 St. Richter.

Die in den einzelnen Classen eingeführten **Lehrbücher** sind:

A. Für den **evangelischen Religionsunterricht** außer der heiligen Schrift und dem ostfriesischen Kirchengesangbuche für alle Classen, im III. bis IV. der hannoversche Katechismus der christlichen Lehre und Fr. Kohlrausch, die Geschichte und Lehren der heiligen Schrift des A. und N. Testaments; in II. und I. W. A. Hollenberg, Hülfsbuch für den evangelischen Religionsunterricht.

Für den **katholischen Religionsunterricht** werden benutzt in VI. bis II. Kl. Siemers, Geschichte der christlichen Kirche, in VI. bis III. B. Overberg, Katechismus der christkatholischen Lehre und dessen Geschichte des A. und N. Testaments, in II. u. I. R. Martin: Lehrbuch der katholischen Religion für höhere Lehranstalten.

B. Für den Unterricht in der **deutschen** Sprache: Ph. Wackernagel, deutsches Lesebuch 3. Theil in II., 2. Theil in III., K. Hansen, deutsches Lesebuch 3. Th. in IV. und V. 2. Th. in VI., A. Brinkmann, Leitfaden für den deutschen Sprachunterricht in VI. bis IV. Außerdem in II. und I. die Einzelausgaben der zu lesenden Schriftwerke.

C. Für den **lateinischen** Sprachunterricht in VI. bis I.: C. Berger, lateinische Grammatik, in VI. F. Spieß, Uebungsbuch zum Uebersetzen aus dem Lateinischen in das Deutsche u. s. w. 1. Abtheilung, in V. dasselbe 2. Abth., in IV. dasselbe und 3. Abth., in IV G. Siebelis, Tirocinium poeticum, in III. R. F. Spieß, Uebungsbuch zum Uebersetzen aus dem Deutschen in das Lateinische, in III. G. II. und I. C. Berger, stilistische Vorübungen der lateinischen Sprache und die (— im Verlage der Weidmann'schen Buchhandlung und im Verlage von B. G. Teubner in Leipzig herausgegebenen —) Schulausgaben des Corn. Nepos für IV., von Cäsar's Comm. de bello gallico für III. und II., de bello civili für III. G., von Ovid's Metamorphosen für III. G. und II., des Virgil, Salluft, Livius und Cicero für II. G. und I.

D. Für den **französischen** Sprachunterricht in V. und IV. C. Plöß, Elementargrammatik der französischen Sprache, in III. und II. C. Plöß, Elementargrammatik der französischen Sprache und C. Plöß, lectures choisies. In I. C. Plöß, nouvelle grammaire française und C. Plöß, manuel de la littérature française. Außerdem in II. und I. die Einzelausgaben der zu lesenden Schriftwerke.

E. Für den **englischen** Sprachunterricht in II. und III. R. H. Plate, Schulgrammatik und vollständiger Lehrgang der englischen Sprache u. A. Callin, englisches Lesebuch. In I. L. Herrig, the british classical authors. Außerdem in II. und I. die Einzelausgaben der zu lesenden Schriftwerke.

F. Für den **griechischen** Sprachunterricht in IV. G., III. G. und II. G. R. Kühner, Elementargrammatik der griechischen Sprache, in IV. G. F. Jacobs, Elementarbuch der griechischen Sprache, in III. G. die Schulausgaben von Homer's Odyssee und Xenophon's Anabasis, in II. G. diejenigen von Homer's Ilias und Xenophon's Memorabilien, sowie die von Schnitzer herausgegebene chrestomathia herodotea.

G. Für den **mathematischen** Unterricht in IV., V., VI. F. Kranke, arithmetisches Exempelbuch, in IV., III. und II. K. Koppe, Planimetrie, in II. Vega's logarithmisch-trigonometrisches Handbuch, herausgegeben von Bremiker. In II. und I. L. Kambly, Trigonometrie und Stereometrie. In I. Gandtner, die Elemente der analytischen Geometrie.

H. Für den **naturwissenschaftlichen** Unterricht in VI., V. und IV. J. Leunis, analytischer Leitfaden für die Naturgeschichte und A. Wessel, Flora Ostfrieslands, in III. u. II. R. J. Leunis, Schulnaturgeschichte und in II. u. I. K. Koppe, Anfangsgründe der Physik und A. Schreiber, Grundriß der Chemie.

I. Für den **historisch-geographischen** Unterricht außer den Schulatlanten von Stieler, Sydow und Lange, in IV. bis III. H. A. Daniel, Leitfaden für den Unterricht in der Geographie, in IV. und III. Th. Dieliß, Grundriß der Weltgeschichte. In II. und I. H. Guthe, Lehrbuch der Geographie für die mittleren und oberen Klassen höherer Bildungsanstalten. W. Herbst, historisches Hülfsbuch für die oberen Klassen der Gymnasien und Realschulen.

Außerdem ist den Schülern zur Benutzung empfohlen für die lateinische Sprache das Wörterbuch von Georges, für die griechische das von Seiler und Jacobitz, für die französische das von Thibaut und für die englische Sprache das Thieme'sche Lexicon.

2. Ueberſicht der Lehrfächer.

Wöchentliche Stundenzahl in den einzelnen Klaſſen.

Lehrfächer.	Prima.	Secunda. G.	comb.	R.	Ober-Tertia. G.	comb.	R.	Unter-Tertia. G.	comb.	R.	Quarta. G.	comb.	R.	Quinta.	Sexta.	Summa.
1. Religionsunterricht	2.	—	2.	—	—	2.	—	—	2.	—	—	2.	—	3.	3.	16 St.
2. Deutſche Sprache	3.	—	3.	—	—	3.	—	—	3.	—	—	3.	—	4.	4.	23 „
3. Lateiniſche Sprache	3.	9.	—	4.	9.	—	5.	comb. mit A.	—	5.	7.	2.	4.	6.	8.	62 „
4. Franzöſiſche Sprache	4.	2.	—	4.	2.	—	4.	„	—	4.	2.	—	4.	5.	—	31 „
5. Engliſche Sprache	3.	2.	—	3.	—	—	4.	—	—	4.	—	—	—	—	—	16 „
6. Griechiſche Sprache	—	6.	—	—	6.	—	—	comb. mit A.	—	—	5.	—	—	—	—	17 „
7. Geographie und Geſchichte	3.	—	3.	—	—	4.	—	—	4.	—	—	4.	—	3.	3.	24 „
8. Naturkunde	5.	—	2.	3.	—	2.	—	—	2.	—	—	2.	—	2.	2.	20 „
9. Mathematik und Rechnen	6.	—	3.	3.	3.	—	6.	comb. mit A	—	6.	3.	—	6.	4.	5.	45 „
10. Schreiben	—	—	—	—	—	—	—	—	—	—	—	—	2.	2.	2.	6 „
11. Zeichnen	3.	—	—	2.	—	—	2.	—	—	2.	—	2.	—	2.	2.	15 „
12. Singen	2.	—	2.	—	—	2.	—	—	2.	—	—	2.	—	2.	2.	14 „
	34.	19.	15.	19.	20.	13.	21.	—	13.	21.	17.	17.	16.	33.	31.	289 „
		34.	34.		33.	34.			34.		34.	33.				

Hiervon gehen durch Combination ab . . . . — 20 „

dagegen kommen hinzu für den katholiſchen Religionsunterricht . . . . + 5 „

ferner für den Turnunterricht . . . . + 4 „

und wurden ertheilt . . 278 „

3. Vertheilung der Unterrichtsfächer unter die Lehrer
während des Winterhalbjahres 18 71/72.

Lehrer.	Prima.	Secunda.	Ober-Tertia.	Unter-Tertia.	Quarta.	Quinta.	Sexta.	Summa.
	St. w.	St. w.	St. w.	St. w.	St. w.	St. w.	St. w.	
1. Giesel, Ordinarius der Prima.	6 Mathematik. 2 Physik.	3 Mathem. (comb.) 3 „ „ (R.)						14 St.
2. Hase, Ordinarius der Real-Ober-Tertia.	3 Zeichnen.	2 Zeichnen (R.)	6 Mathematik (R.) 2 Zeichnen. (R.)	3 Arithmetik R. 2 Zeichnen (R.)	3 Mathematik (G.) 2 Zeichnen (comb.)			21 „
3. Brinkmann, Ordinarius der Quinta.					2 Französisch (G.)	4 Deutsch. 4 Rechnen. 5 Französisch 2 Naturgesch.	5 Rechnen.	22 „
4. Bunte, Ordinarius der Gymn.-Tertia.	3 Englisch.	3 Englisch (R.) 4 Griechisch (G.)	4 Lateinisch (G.) 4 Griechisch (G.)		5 Griechisch (G.)			23 „
5. Schmidt, Ordinarius der Secunda.	3 Deutsch. 3 Lateinisch.	3 Deutsch (comb.) 4 Lateinisch (R.) 2 Griechisch (G.)	4 Geogr. u. Gesch. (comb.)	4 Geogr. u. Gesch. (comb.) 5 Lateinisch (R.)				24 „
6. Richter.	2 Singen. 2 Turnen.	2 Singen. 2 Turnen.	2 Singen. 2 Turnen.	2 Singen. 2 Turnen.	2 Singen (comb.) 2 Turnen (comb.) 2 Schreiben (R.)	3 Religion 2 Zeichnen 2 Schreiben 2 Singen. 2 Turnen	3 Religion. 4 Deutsch. 2 Schreiben. 2 Singen. 2 Turnen. 2 Zeichnen	26 „
7. Büning, Ordinarius der Sexta.	2 Religion.	2 Religion (comb.) 2 Englisch (G.)	2 Französisch (G.) 2 Religion (comb.)	2 Religion (comb.)	2 Religion (comb.) 4 Französisch (R.)		8 Lateinisch.	24 „
8. Bender, Ordinarius der Real-Unter-Tertia.	2 Chemie 1 Geognosie.	2 Naturgesch. (R.) 1 Chemie (R.)	4 Englisch (R.)	2 Naturgesch. (comb.) 4 Englisch (R.)	2 Naturgesch. (comb.) 6 Mathematik (R.)			24 „
9. Wendlandt, Ordinarius der Quarta.			5 Lateinisch (R.)		3 Deutsch (comb.) 4 Geogr. u. Gesch. (comb.) 2 Lateinisch (Corn. Nep.) (comb.) 5 Lateinisch (G.) 4 Lateinisch (R.)			23 „
10. Gräfer.	4 Französisch. 3 Geographie u. Geschichte.	3 Geogr. u. Gesch. (comb.) 2 Französisch (G.) 4 „ (R.) 2 Lateinisch (G.)	3 Deutsch (comb.)		2 Lateinisch (G.)			23 „
11. Kückelhahn.		7 Lateinisch (G.)	2 Griechisch (G.) 5 Lateinisch (G.)	3 Deutsch (comb.)		6 Lateinisch.		23 „
12. Zopf.		2 Physik (comb.)	2 Naturgesch. (comb.) 4 Französisch (R.)	3 Geometrie (R.) 4 Französisch (R.)		3 Geschichte u. Geogr.	3 Geschichte u. Geogr. 2 Naturgesch.	23 „
13. Müller.				3 Mathematik (G.)				3 „
14. Menge.	5 Stunden katholischer Religionsunterricht.							5 „
								278 „

4*

B. Verordnungen der Königlichen Behörden.

1. Verfügung des Königlichen Provinzialschul-Collegiums in Hannover vom 31. März 1871 (No. 624) den für das Schuljahr 1871/2, entworfenen Lehrplan genehmigend.

2. Verfügung derselben Behörde vom 13. April (No. 1133), die von Herrn Provinzial-Schulrath Dr. Breiter am 30., 31. Januar und 1. Februar vollzogene Revision der Anstalt betreffend.

3. Desgleichen vom 22. April (No. 1388) hinsichtlich der Reclamationen der im militairdienstlichen Verhältnisse stehenden Lehrer.

4. Desgleichen vom 18. April (No. 1129) die von David Müller herausgegebene „Zeitschrift für Preußische Geschichte und Landeskunde", vom 2. Mai (1337) die H. Möhl'sche „Orohydrographische Wandkarte von Teutschland", vom 5. Mai (No. 1615) H. Mithoff's „Kunstdenkmale und Alterthümer im Hannoverschen", vom 13. Mai (No. 1542) H. Blancke's „Uebungsschule im bürgerlichen Rechnen", vom 16. Mai (No. 1617) „die metrischen Maße und Gewichte" von Dabis empfehlend.

5. Desgleichen vom 28. April (No. 1438) die Bemerkungen der wissenschaftlichen Prüfungscommission zu den Reifeprüfungsacten des Ostertermins 1870 betreffend.

6. Verfügung des Herrn Ministers der geistlichen, Unterrichts- und Medicinal-Angelegenheiten vom 19. Mai (No. 11804) die Aufnahme von Civil-Eleven in die Central-Turnanstalt in Berlin betreffend, mitgetheilt durch Rescript des Königlichen Provinzial-Schulcollegiums vom 25. Mai (No. 1823).

7. Verfügung des Königlichen Provinzial-Schulcollegiums vom 13. Juni (No. 1828) die lateinische Orthographie betreffend und unter Beifügung des von dem Lehrercollegium des Andreanums zu Hildesheim zusammengestellten „Wörterverzeichnisses der lateinischen Orthographie", weiter E. Wagner's „kurz gefaßte lateinische Orthographie für Schulen" empfehlend.

8. Desgleichen vom 5. August (No. 2560) die Volksausgabe des Guthe'schen Werkes: „Die Lande Braunschweig und Hannover", vom 10. October (No. 2927) Droop's Werkchen: „Die Turngeräthe der Preußischen Volksschule", und vom 30. October (No. 3221) die im Verlage von H. Rieter zu Berlin erschienenen naturwissenschaftlichen Abbildungen empfehlend.

9. Desgleichen vom 25. August (No. 2878) die Vorsichtsmaßregeln, welche beim Herannahen epidemischer Krankheiten zu treffen sind, anordnend.

10. Verfügung des Herrn Ministers der geistlichen, Unterrichts- und Medicinal-Angelegenheiten vom 12. August (U. 11827) die Signirung der Packete betreffend, mitgetheilt vom Königlichen Provinzial-Schulcollegium d. d. 25. August (No. 2837).

11. Desgleichen vom 28. October (U. 18691) die Zulassung zur Portepeefähnrichs-Prüfung betreffend, mitgetheilt durch Rescript des Königlichen Provinzial-Schulcollegiums vom 2. November (No. 3633), durch welches zugleich die zur Ausführung jener Verfügung zu treffenden Maßregeln angeordnet werden.

12. Verfügung des Herrn Ministers des Innern vom 25. October (I. A. 9977), mitgetheilt durch das Königliche Provinzial-Schulcollegium d. d. 5. November (No. 3661) so wie des Herrn Ministers der geistlichen, Unterrichts- und Medicinal-Angelegenheiten vom 13. November (U. 27464), mitgetheilt durch das Königliche Provinzial-Schulcollegium d. d. 14. November (No. 3770), die Volkszählung am 1. December betreffend.

13. Verfügung des Herrn Ministers der geistlichen, Unterrichts- und Medicinal-Angelegenheiten vom 31. October (U. 25344) anordnend, daß hinfort die Aufnahme der Schüler

auch von der Beibringung eines Attestes über die stattgehabte Impfung resp. Revaccination abhängig zu machen sei, mitgetheilt vom Königlichen Provinzial-Schulcollegium d. d. 7. November (No. 3673).

14. Verfügung des Königlichen Provinzial-Schulcollegiums vom 16. November (No. 3773) die Zeit und Ausdehnung des Confirmandenunterrichts betreffend.

15. Desgleichen vom 11. November (No. 3001) die Ostern 1871 stattgehabte Abiturientenprüfung betreffend.

16. Desgleichen vom 25. November (No. 3807) die jährliche Einreichung einer Nachweisung über die im Laufe eines jeden Jahres bei der Anstalt vorgekommenen Personalveränderungen anordnend.

17. Mittheilung des Königlichen Provinzial-Schulcollegiums d. d. 7. December 1871 (No. 4106) vom Tode des Herrn Provinzial-Schulrath Schmalfuß.

18. Verfügung derselben Behörde vom 2. Januar 1872 (No. 29) die Festsetzung der Termine der diesjährigen Abiturientenprüfung betreffend.

C. Chronik.

Am 30. März 1871: **Oeffentliche Prüfung** in folgender Ordnung:

Sexta:	Biblische Geschichte	Richter.
	Geographie	Faust.
Quinta:	Rechnen	Brinkmann.
	Lateinisch	Giesel.
Quarta:	Teutsch	Schmidt.
	Französisch	Otto.
Tertia:	Mathematik	Hake.
Secunda:	Geschichte	Matthäi.

Hieran schloß sich ein **Rede-** und **Entlassungs-Actus.** Dieser ward von der ersten Singabtheilung mit dem Gesange der Kind'schen Motette: „Preis und Anbetung" eröffnet. Darnach gab der Abiturient Kertoll eine Schilderung des Charakters des Cid nach Corneille und Herder, und nach ihm suchte der Abiturient Giesel in einer deutschen Rede die Bedeutung der Hohenzollern für Teutschland nachzuweisen. Nachdem hierauf von der Versammlung gemeinsam der erste Vers des Liedes No 11 des ostfriesischen Gesangbuches gesungen war, fand die Entlassung der Abiturienten Ernst Giesel, August Kertoll und Rudolf Könecke durch den Director statt; der gemeinsame Gesang des zwölften Verses des eben genannten Liedes beendete die Feier.

Am 31. März. Translocation und Schluß des Schuljahres. An demselben Tage verließen uns die Lehrer Faust und Otto, der erstere, um im elterlichen Hause vorzugsweise mathematischen Studien seine Zeit zu widmen, der andere einer ihm gewordenen Aufforderung, die Stelle eines Lehrers an einem Institute in Margate bei London zu übernehmen, folgend. Beiden Herren sagte der Berichterstatter bei ihrem Scheiden im Namen der Anstalt herzlichen Dank für ihre wenn auch nur kürzere Zeit hindurch unserer Schule gewidmete Thätigkeit.

Vom 2. bis 14. April: Osterferien.

Am 9. April starb der jüngste Sohn unseres Collegen, des Herrn Collaborator Brinkmann der Quintaner Adolf Brinkmann, ein wohlgesitteter, strebsamer, fleißiger Schüler. Mit frommer Geduld hatte er fast ein volles Jahr die seine jugendliche Kraft verzehrende Krankheit, ein Leberleiden, ertragen, bis er unter dem Klange der Morgenglocken des ersten Ostertages Erlösung von seinen Schmerzen fand. Am 12. April geleiteten ihn seine Mitschüler und Lehrer zu seiner Ruhestätte.

Am 14. April: Aufnahmeprüfung der einheimischen und am folgenden Tage der auswärtigen Recipienden.

Am 17. April: Eröffnung des neuen Schuljahres, Aufnahme der am 14. und 15. April geprüften und für reif befundenen Schüler, Einführung des an Stelle des Herrn Otto in das Lehrercollegium eintretenden Herrn Candidaten Büning.

Am 22. April wurde der seit Ostern 1867 provisorisch an der Schule angestellte, jetzt zum ordentlichen Lehrer der Anstalt definitiv berufene Herr Dr. ph. Bunte durch Herrn Bürgermeister Pustau beeidigt.

Vom 28. bis 30. Mai: Pfingstferien.

Am 1. Juni fand die Einführung des Herrn Dr. ph. Bender in das Lehrercollegium statt. Derselbe, am 6. Juni durch Herrn Bürgermeister Pustau verpflichtet, übernahm a. a. speciell noch den früher von Herrn Faust ertheilten naturwissenschaftlichen Unterricht. Zugleich machte die Ueberfüllung der Tertia für den größeren Theil der Unterrichtsfächer eine Theilung dieser Classe in zwei Abtheilungen nothwendig. In der gemeinsamen Sorge um das Wohl der Anstalt übernahmen die Collegen mit dankenswerther Bereitwilligkeit während des Sommerhalbjahres zu der von ihnen zu ertheilenden, das gesetzliche Maximum meist übersteigenden wöchentlichen Stundenzahl noch die durch jene Theilung bedingte Mehrzahl von Lehrstunden. Indeß würden der weiteren Durchführung dieser Theilung in Folge einer Erkrankung des Herrn Oberlehrer Hake, welche ihn vom 4. Juni bis zum 10. August von der Schule fern hielt, große Schwierigkeiten entgegengetreten sein, wenn nicht Herr Navigationslehrer Müller hier die Ertheilung des größeren Theiles der Unterrichtsstunden des erkrankten Collegen übernommen hätte, wofür ihm der Berichterstatter an dieser Stelle seinen aufrichtigen Dank auszusprechen sich verpflichtet fühlt.

Am 17. Juni: Vorfeier zum Friedens Dankfeste. Die Schüler und Lehrer versammelten sich morgens 8 Uhr in der Aula der Anstalt. Nach beendeter gemeinsamer Morgenandacht sprach der Berichterstatter von der hohen Bedeutung, welche der folgende Tag, der 18. Juni, für das Vaterland habe. Darnach gemeinschaftlicher, von schönem Wetter begünstigter Schulspaziergang nach Nortmoor.

Vom 10. Juli bis 5. August: Sommerferien.

Am 6. August starb nach kurzer Krankheit in Folge einer heftigen Entzündung der Gehirnhaut Hermann Janssen, Sohn des Herrn Polizei Commissarius Janssen hier, ein uns durch regen Eifer und durch gute Sitte lieb gewordener Schüler. Seine Beerdigung erfolgte unter allgemeiner herzlicher Theilnahme seiner Mitschüler und Lehrer am Nachmittage des 11. August.

Am 7. September erlitt die Anstalt einen überaus schmerzlichen Verlust durch den Tod des Herrn Rector Ehrentholz. Nachdem er noch am 10. August in voller Frische des Geistes und Körpers seinen 67. Geburtstag gefeiert hatte, erkrankte er unerwartet wenige Tage nachher; zwar erholte er sich anscheinend wieder so weit, daß er, wenn auch sehr geschwächt, mit gewohnter Gewissenhaftigkeit am 25. August seinen Unterricht wieder aufnahm; jedoch noch am Abende desselben Tages mußte er das eben verlassene Krankenlager wieder aufsuchen; es ergriff ihn ein gastrisch-nervöses Fieber, welches ihn unerwartet dem Kreise seiner mit inniger Liebe dem treuen Gatten und Vater anhangenden zahlreichen Familie, dem Kreise seiner Collegen und Schüler, von denen er jenen ein wegen seines Wohlwollens und seiner Pflichttreue geschätzter und befreundeter Mitarbeiter, diesen wegen seiner vollen Liebe zu seinem Berufe und wegen seiner Milde und Freundlichkeit ein herzlich geliebter Lehrer war, zu unserem wie aller derer, welche ihm nahe standen, großen Schmerze entriß. Wie dem Verstorbenen seine Collegen in ihrem Nachrufe seine christliche Ergebung, seinen treuen Glauben an unsern Erlöser und Heiland nachrühmen konnten, so muß hier gleichfalls auch noch seines echt patriotischen Sinnes gedacht werden: innigen Antheil nahm er an allem, was das Wohl des

Vaterlandes bezweckte; wiederholt sprach er seine innige Freude darüber aus, die glorreiche Zeit der letzten großen Vergangenheit erlebt zu haben, ihre einzelnen hervorragenden Ereignisse fort und fort mit jugendlicher Begeisterung begrüßend; in inniger Liebe war er seiner Vaterstadt Leer ergeben, und auf die Förderung ihrer Blüthe bedacht; vor allem aber begleitete er bis zu seinen letzten Tagen mit liebevollem und sorgenden Herzen die gedeihliche Entwickelung unserer Schule, welche er gegründet, und welcher er fast vierzig Jahre hindurch in nicht ermüdender Amtsführung seine volle Kraft gewidmet hatte. Am Nachmittag des 11. September fand sein Begräbniß statt mit einer Innigkeit und Allseitigkeit der Theilnahme, welche ein schönes Zeugniß von der großen Liebe und der hohen weitverbreiteten Achtung gab, welche der Verstorbene genoß. Mit tiefer Wehmuth feierte am 23. September die Anstalt noch besonders die Ehre seines Andenkens. Fort und fort wird sie des theuren Entschlafenen gedenken und sein Gedächtniß in Ehren halten.

Am 2. September: Schulactus zur Erinnerung an die großen Ereignisse des verflossenen Jahres. Die Herren Mitglieder des Patronats und Curatoriums der Anstalt schenkten dieser Feier freundlichst ihre Gegenwart.

Am 23. September, mit dem Schlusse des Sommerhalbjahres, schieden aus dem Lehrercollegium Herr Conrector Dr. ph. Ritter, um nach 23jähriger gesegneter Wirksamkeit an unserer Anstalt das ihm von dem Königlichen Provinzial-Schulcollegium in Hannover übertragene Rectorat der höhern Bürgerschule zu Nienburg zu übernehmen, und Herr Collaborator Matthäi, nachdem er sechs Jahre an unserer Schule erfolgreich gearbeitet hatte, einer Berufung an das Gymnasium zu Stade folgend. Die Collegen und Schüler begleiteten die scheidenden Lehrer, welche durch ihre Hingabe an die Interessen der Erziehung, durch ihre Liebe zu ihrem Berufe, durch ihre eifrigen Bemühungen um die Fortbildung unserer Jugend und durch herzliche Collegialität sich ein dauerndes und ehrenvolles Andenken an unserer Anstalt gesichert haben, mit den innigsten Segenswünschen.

Vom 25. September bis 7. October: Michaelisferien.

Am 9. October: Eröffnung des Wintercursus und Einführung der Candidaten des höheren Schulamts Wendlandt, Gräser und Dr. ph. Rückelhahn.

Am 19. October: Ferientag wegen des Gallimarkts.

Am 23. October: Einführung des Candidaten des höheren Schulamts Zopf, welchem die mit Genehmigung des Königlichen Provinzial-Schulcollegiums behufs fernerer Aufrechterhaltung der Theilung der Tertia provisorisch creirte Stelle eines zwölften Lehrers an unserer Anstalt übertragen war.

Seine sowie der übrigen neu eingetretenen Herren Verpflichtung erfolgte am 26. October durch Herrn Bürgermeister Pustau.

Am 2. December starb Herr Provinzial-Schulrath Schmalfuß. Wenn auch die specielle Beziehung, in welcher er einst zu unserer Schule gestanden hatte, in den letzten Jahren gelöst war, so erweckte dennoch die Trauerkunde von seinem plötzlichen Tode unsere innigste Theilnahme. Beim Jahresschluß ward des Verstorbenen in dankbarer Erinnerung an die wohlwollende Fürsorge, welche er früher der Anstalt, besonders noch bei ihrer Umänderung in ihre gegenwärtige Gestalt, erwiesen hatte, von dem Berichterstatter gedacht.

Vom 23. December 1871 bis zum 6. Januar 1872: Weihnachtsferien.

D. Statistische Verhältnisse der Anstalt.

I. Frequenz.

1. Zahl der Schüler überhaupt, sowie der abgegangenen und aufgenommenen.

Zahl der Schüler am Schlusse des Winterhalbjahres 1870/71.	Abgang Ostern 1871.	Zugang Ostern 1871.	Zahl der Schüler beim Beginne des Sommerhalbjahres 1871.										
			I.	IIR.	IIG.	IIIR.A.	IIIR.B.	IIIG.	IVR.	IVG.	V.	VI.	Summa.
201.	23.	30.	7.	14.	8.	18.	28.	11.	30.	14.	41.	37.	208.

Zahl der Schüler beim Beginne des Sommerhalbjahres 1871.	Abgang bis Michaelis.	Zugang bis Michaelis.	Zahl der Schüler beim Beginne des Winterhalbjahres 1871/72.										
			I.	IIR.	IIG.	IIIR.A.	IIIR.B.	IIIG.	IVR.	IVG.	V.	VI.	Summa.
208	11.	3.	8.	13.	7.	17.	26.	11.	29.	13.	36.	40.	200.

Zahl der Schüler beim Beginne des Winterhalbjahres 1871/72.	Abgang während des Winterhalbjahres.	Zugang während des Winterhalbjahres.	Zahl der Schüler am Schlusse des Winterhalbjahres 1871/72.										
			I.	IIR.	IIG.	IIIR.A.	IIIR.B.	IIIG.	IVR.	IVG.	V.	VI.	Summa.
200.	1.	1.	8.	13.	7.	17.	26.	11.	29.	13.	35.	41.	200.

2. Verzeichniß der abgegangenen Schüler.

Ostern 1871 verließen die Anstalt außer den oben genannten Abiturienten Ernst Giesel, August Kertoll, Rudolf Könecke weiter aus I.: Gerhard v. Hoorn, aus II. G.: Georg Brinkmann, Reinhard Leenderts (beide reif für I. erklärt), sowie Friedrich Warnke, aus II. R.: Johann Röben (versetzt in I.), Alexander Cramer, Peter Heploeg, Christian Seemann; aus III. R.: Hermann Groeneveld (versetzt in II.), Christof Horch, Albrecht Bockhoff, Heinrich Kingma, Karl Bergmann; aus IV. G.: Albert Cramer (versetzt in III. G.), Heinrich Ruttmann; aus IV. R.: Siegfried Siefkes, Johann Osterloo (beide versetzt in III. R.); aus V.: Albert Feldkamp und Aiso Wirtjes (beide versetzt in IV. R.).

Während und am Schlusse des Sommerhalbjahres 1871 gingen ab: aus II. G.: Friedrich Ritter; aus III. R. A: Heinrich Wiemann; aus III. R. B: Otto Stenzig, Udo Lehmann; aus IV. G.: Heinrich Ritter; aus IV. R: Adolf Jsraels; aus V.: Rudolf Hafner, Siegmund Bode, Moritz Jsraels, Moritz Arons, und während des Winterhalbjahres 1871/72 aus V.: Lübbert Feldkamp.

3. Verzeichniß der Schüler am Schlusse des Schuljahres 18⁷¹/₇₂.

Prima.

Ordn. 1.

Name.	Wohnort der Eltern.
Joseph Jongebloed	Leer.

Ordn. 2.

Name.	Wohnort der Eltern.
Hinrich Garrels	"
Ludwig Meyer	Heisfelde b. Leer.
Hermann Giesel	Leer.
Karl Forthmann	"
Albert Bisscher	Neustadt-Gödens.
Wilhelm Burghard	Leer.
Wilhelm Buttjer	Loga.

Secunda.

A. Real-Abtheilung.

Ordn. 2.

Name.	Wohnort der Eltern.
Bartelo Busemann	Bingumgaste.
Heinrich Doben	Pewsum.
August Meyer	Schneeverdingen.
Karl Pustau	Leer.
Geerd Reins	Jemgum.
Diedrich Höcker	Leer.
Johann Wümkes	Oldersum.
Wilhelm Pustau	Leer.
Heinrich Stolze	"
Johann Brenstein	"
Ludwig Garrels	"
Alfred Hibben	"
Emil Böttcher	"

B. Gymnasial-Abtheilung.

Ordn. 1.

Name.	Wohnort der Eltern.
Hinricus Witte	Leer.

Ordn. 2.

Name.	Wohnort der Eltern.
Nicolaus Börner	Leer.
Julius Meyer	"
Nieke Rose	"
Christian Börner	"
Otto v. Hoorn	"
Karl Koch	"

Ober-Tertia.

A. Real-Abtheilung.

Name.	Wohnort der Eltern.
Hero Venter	Loga.
Heinrich Goudschaal	Böhmerwold.
Hermann Müntinga	Bunderhee.
August Bünting	Detern.
Hermann Goemann	Weenermoor.
Otto Böttcher	Leer.
Menno Torbeck	Holtland.
Anton Titzen	Stapelmoor.
August Köneke	Leer.
Hermann Kertoll	Leer.
Evert Reins	Jemgum.
Bruno Loets	Leer.
Julius Balke	"
Johann Arends	"
Ludwig Klopp	"
Fritz Thiemig	Suhlingen.
Johann Friedrichs	Leer.

B. Gymnasial-Abtheilung.

Name.	Wohnort der Eltern.
Hermann Hoffmann	Leer.
Ludwig v. Nordheim	"
Georg Böttcher	"
Giesbert Warnke	"
Bernhard Ruttmann	"

Unter-Tertia.

A. Real-Abtheilung.

Name.	Wohnort der Eltern.
Karl Jacobs	Leer.
Arnold Gossel	Ogenbargen.
Otto Oltmanns	Hohegaste.
Harmund Müller	Leer.
Gerhard Kleene	"
Georg Ehlers	"
August Köneke	"
Georg Outjes	"
Diedrich Forthmann	"
Enno Meyer	Stickhausen.
Popke Fegter	Schoonorth.
Richard Meyer	Leer.
August Dirks	"
Gerhard Ukena	"
Eberhard Penning	Loga.
Theodor Seemann	Oldersum.
Freerk Smidt	Solborg.
Henricus Nauda	Leer.
Albertus Kingma	"
Fritz Leiner	Detern.
Adolf Hibben	Leer.
Ontje Trei	Esclum.
Lambert Paunenborg	Weener.
Wilhelm Bley	Leer.
Anton Franzen	"
Annäus Rüst	Bingum.

B. Gymnasial-Abtheilung.

Name.	Wohnort der Eltern.
Peter Folken	Leer.
Friedrich Bunjes	Bingum.
Franz Müller	"
Nicolaus Wiemann	Leer.
Peter Mansholt	Thedingaer-Vorw.
Moritz v. Biema	Leer.

Name.	Wohnort der Eltern.
Quarta.	
A. Real-Abtheilung.	
Bernhard Hoogklimmer	Leer.
Friedrich Benter	Loga.
Arnold Grabhorn	Bockhorn.
Friedrich Balke	Aurich.
Bruno Ukena	Leer.
Johann Oltmanns	Hohegaste.
Bruno Rademacher	Detern.
Anton Ehrlenholz	Leer.
Gustav Könecke	"
Peter Rieken	Esens.
Karl Munzel	Leer.
Georg Martini	Heisfelde.
Nicolaus v. Cammenga	Leer.
Gerhard Bräkel	"
Georg Brenstein	"
Theodor Muchall	"
Georg Romann	Leerort.
Christian Goldhammer	Leer.
Karl Döring	"
Heinrich Meyer	"
Wilhelm Künsemüller	Bramsche.
Hermann Börner	Leer.
Franz Habena	Manslagt.
Rudolf Bavink	Aurich.
Karl Janssen	Leer.
Otto Garrels.	"
Metus Janssen	"
Enno Buß	Hesel.
Karl Kleene	Leer.
B. Gymnasial-Abtheilung.	
Bernhard Warnke	Leer.
Sigmund Bode	"
Karl Ehlers	"
Friso Frank	"
Hermann Börner	"
Ludwig Hibben	"
Karl Wiemann	"
Nicolaus Jungblut	"
Enno Arends	"
Johann Bünting	"
Hinrich Uden	Bingum.
Weert Börner	Leer.
Friedrich Büttner	"
Quinta.	
Wilhelm Wübbens	Osteel.
Heinrich Tjaden	Leer.
Hermann Harms	"
Franz Panitz	"
Eduard Cramer	Weener.

Name.	Wohnort der Eltern.
Aron Israels	Weener.
Enno Bartels	Leer.
Gerhard Hinrichs	Potshausen.
Georg Goslar	Leer.
Johann Siebert	"
Ernst Meinberg	"
Johann Ruttmann	"
Theodor Töring	"
Arnold Fincke	"
Theodor Heuer	"
Friedrich Müller	"
Johannes Meyer	"
Johannes Giesel	"
Eddo Feyen	"
Gerhard Rettstadt	"
Wilhelm Herbst	"
Onno Victor	"
Karl Kayser	"
Peter Peters	Esclum.
Anius Smidt	Solborg.
Heinrich Kayser	Leer
Hermann Kreutzenberg	"
Theodor Arends	"
Eduard Bode	"
Bernhard Suerdieck	"
Gustav Steinbömer	"
Bernhard v. Biema	"
Stephan Oldenburger	"
Johannes Friedrichs	"
Otto Halbach	"
Sexta.	
Heinrich Meyer	Leer.
Ferdinand Börner	"
Jakobus Müller	Enno-Ludwigs-Grode.
August Bunte	Leer.
Louis Hesse	"
Hermann Middendorf	"
Wilhelm Tjaden	"
Rudolf Grabhorn	Bockhorn.
Johann Boekholt	Leer.
Jürgen Ellen	"
Arnold Rellner	Stickhausen.
Bernhard Spekker	Leer.
Karl Eberding	"
Stephan Dirksen	"
Karl Dielmann	"
Johann Focken	"
Gottfried Schölvinck	"
Tiberius Ontjes	"
Harry Feyen	"
Wilhelm Meyer	"

Name.	Wohnort der Eltern.	Name.	Wohnort der Eltern.
Heinrich Meyer	Leer.	Gerhard Ehrenfried	Leer.
Wilhelm Wolff	"	Gustav Runge	"
Karl Müller	"	Bernhard Meyer	"
Johann Bode	"	Louis Ries	Bunde.
Adolf Bartels	"	Wilhelm Waterborg	Leer.
Ludwig Loets	"	John Koch	"
Christian Loets	"	Leonhard Friedrichs	"
Karl Willems	"	Krino Ansmink	"
Wilhelm Börner	"	Johannes v. Zwoll	"
Gerhard Sanen	"	John Hislop	Loga.
Albertus Smidt	Colborg.		

II. Lehrmittel.

A. Die **Schulbibliothek** erhielt folgende Vermehrung:

   1. durch **Schenkung**

      a. von dem Königlichen Provinzial-Schulcollegium in Hannover: Zeitschrift des historischen Vereins für Niedersachsen. Jahrgang 1870.

      b. von der Nikolai'schen Buchhandlung in Berlin: G. Volpert, Militia, Uebungen im Uebersetzen aus dem Deutschen in's Französische, Berlin 1871. — Von der Hahn'schen Hofbuchhandlung in Hannover: Eichert, Wörterbuch zum Eutrop, Hannover 1870, und Zwiters, Leitfaden für den geographischen Unterricht. 3 Theile. Hannover 1870 und 1871. — Von der Lüderitz'schen Buchhandlung in Berlin: Hottenrott, Uebungsbuch für den ersten Unterricht in der lateinischen Sprache. Berlin 1871; C. Wolff, Uebersicht der vaterländischen Geschichte. Berlin 1871; Biehoff, Leitfaden für den geographischen Unterricht. 3 Theile. Berlin 1871. — Von der Morgenstern'schen Buchhandlung in Breslau: Scholz, das Wissenswürdigste aus der Thierwelt u. s. w. Breslau 1872. — Von der Weidmann'schen Buchhandlung in Berlin: D. Müller, Abriß der allgemeinen Weltgeschichte. 1. Theil. Berlin 1871. — Von der Reimer'schen Buchhandlung: Kiepert, kleiner Schulatlas. Berlin 1871.

      c. von Herrn Collaborator Matthäi: W. Whewell, Geschichte der inductiven Wissenschaften, aus dem Englischen übersetzt von J. v. Littrow. Stuttgart 1840. — Dräsecke: Predigten über die letzten Schicksale des Herrn. — Fr. Sailer: Ueber die Gottheit Christi. Leipzig 1870. — Gutsmut: Gymnastik für die Jugend. Schnepfenthal 1793. Von Herrn Dr. B. Bunte hier ein Exemplar seiner Schrift: Hygini fabulae. Lipsiae 1857. — Von Herrn Dr. Rückelhahn ein Exemplar seiner Schrift: Johannes Sturm, Straßburgs erster Schulrector. Leipzig 1872. — Vom Primaner W. Burghard hier: Carl von Estorff, Alterthümer der Gegend von Uelzen. Mit einem Atlas von 16 Tafeln und einer Karte. Hannover 1846. — Von Herrn Director W. v. Freeden in Hamburg: Jahresbericht der norddeutschen Seewarte für das Jahr 1871.

   2. durch **Ankauf:** Ueberweg: Grundriß der Geschichte der Philosophie 2 Bde. Berlin 1871. Zeller: Philosophie der Griechen. Th. 1 und Th. 3. Leipzig 1868 ff. — Schmidt: Pädagogische Encyclopädie. Lief. 81 bis 84. Gotha 1871. — L. Wiese: Briefe über

englische Erziehung. Berlin 1855. — L. Wiese: Teutsche Bildungsfragen der Gegenwart. Berlin 1871. — Grimm, Teutsches Wörterbuch, fortgesetzt von Hildebrand und Weigand Bd. IV, Lief. 4. Bd. V, Lief. 11. Leipzig 1871. — Lexer: Mittelhochdeutsches Wörterbuch. Lief. 3 und 4. Leipzig 1871. — Kurz: Geschichte der deutschen Literatur. Bd. IV. Lief. 14—18. Leipzig 1871. — Wackernagel: Das deutsche Kirchenlied. Bd. III. Lief. 13—16. Leipzig 1871. — Göthe's sämmtliche Werke. Stuttgart. — Zarnke: das Nibelungenlied. Leipzig 1871. — Gude: Erklärungen deutscher Dichter. 4 Bde. Leipzig 1868. — Ciceronis opera omnia ed. Baiter et Kayser. Lipsiae 1860 sqq. — Vitruvii libri X de architectura, ed. st. Lipsiae 1869. — Lange: Römische Alterthümer. Bd. III. Berlin 1871. — Spieß: Uebungsbuch zum Uebersetzen aus dem Griechischen in das Teutsche, neu bearbeitet von Breiter. Essen 1869. — Fraude: Aufgaben zum Uebersetzen aus dem Teutschen in das Griechische. Leipzig 1865. — Hoppe: Englisch-deutsches Lexicon. Berlin 1871. — Loth: Etymologische angelsächsisch - englische Grammatik. Elberfeld 1870. — Diez: Grammatik der romanischen Sprachen. Bonn 1870. — Dictionnaire de l'académie française. Paris 1835. Hierzu noch ein Supplementband Complément etc. Paris 1845. — Ranke's sämmtliche Werke. Bd. 1 bis 20. Leipzig 1867 ff. — Mithoff: Kunstdenkmale und Alterthümer im Hannoverschen. Bd. 1. Hannover 1871. — Schultheß: Europäischer Geschichtskalender für das Jahr 1870. Nördlingen 1871. — Berghaus: Karte der Welt nach Mercators Projection. Gotha 1871. — Möhl: Orohydrographische Wandkarte von Teutschland. Cassel 1871. — Dechen: Geologische Karte von Teutschland. — E. Beyrich u. s. w: Geologische Karte von Preußen und den thüringischen Staaten. Erste Lieferung nebst Einleitung und Erläuterungen. Berlin 1871. — Naturwissenschaftliche Abbildungen, erschienen im Verlage von Nieter in Berlin. 1871. (1. Heft: die Pilze.) — Cotta: Geologische Bilder. Leipzig 1871. — Lüben: Anleitung zum Unterricht in der Botanik. Halle 1863. — G. Bischof: Chemische und physikalische Geologie. 3 Bde. Bonn 1863 ff. Hierzu ein Supplementband von F. Zirkel. — Lyell's Geologie aus dem Englischen übersetzt. 2 Bde. Berlin 1857 ff. — Knapp: Lehrbuch der chemischen Technologie. Bd. I. und II. Braunschweig 1870 ff. — Nördlinger: Die wichtigsten kleinen Feinde der Landwirthschaft. Stuttgart 1871. — Berge's Schmetterlingsbuch, hrg. von Heinemann. Lief. 13 und 14. — Blancke: Uebungsschule im bürgerlichen Rechnen. Heft 1 und 2. Hannover 1870. — Bopp: Wandtafel des metrischen Systems. Stuttgart 1871. Barden: Algebraische Gleichungen. Leipzig 1868. — Barden: Quadratische Gleichungen. Leipzig 1871. — Hesse: Die Determinanten. Leipzig 1871. — Balzer: Theorie und Anwendung der Determinanten. Leipzig 1870. — Clebsch: Theorie der binären algebraischen Formen. Leipzig 1872. — Supplementband zur XI. Auflage des Brockhaus'schen Conversationslericons. Heft 2—9. — Lion: Statistik des Schulturnens. Lief. 1 bis 4. Leipzig 1870 ff. — Angerstein: Anleitung zur Errichtung von Turnanstalten. Berlin 1863. — Bonitz: Zeitschrift für das Gymnasialwesen. 25. Jahrg. Berlin 1871. — Stiehl: Centralblatt für die gesammte Unterrichtsverwaltung in Preußen. Berlin 1871. — Herrig: Archiv für das Studium der neueren Sprachen und Literaturen. Band 46 und 47. Braunschweig 1871. — D. Müller: Zeitschrift für preußische Geschichte und Landeskunde. 8. Jahrgang. Berlin 1871. — Schlömilch und Cantor: Zeitschrift für reine und angewandte Mathematik. Jahrg. 1866 bis 1871. Leipzig.

B. Für die **Schülerbibliothek** wurden **angekauft:**

Becker: Erzählungen aus der alten Welt. 3 Bde. Halle 1861. — Walter Scott: Quentin Durward und Woodstock. Stuttgart 1870. — Wagner: Hausschatz für die Jugend

Glogau 1871. — Lorenz und Scherer: Geschichte des Elsasses. 2 Bde. Berlin 1871. — Ferdinand Schmidt: Der Franzosenkrieg im Jahre 1870. 1. Theil. Berlin 1871. — E. Götzinger: Niuwe Zittung des jungst vergangenen tutschen Krieges. St. Gallen 1871. — Guthe: Die Lande Braunschweig und Hannover. Hannover 1871 (4 Exemplare). — Zimmermann: Geschichte des deutschen Volkes. Lieferung 1 bis 4. Stuttgart 1871. — Plieninger: Neue deutsche Jugendbibliothek. 5 Bde. — O. Wildermuth: Erzählungen für die Jugend. Th. 1 bis 8. — Hoffmann: Schweden's Heldenkönig. — L. Pichler: Erzählungen für die Jugend. Theil 1 bis 9. — Würdig: Magdeburg und Lützen. — Würdig: York. — Spamer's Welt der Jugend. Bd. 27 und 28.

C. Die **Bibliotheca pauperum** erhielt an Geschenken: Von Herrn Collab. Matthäi: Berger's lateinische Grammatik, 6. Auflage, Celle 1867 und Ovid's Metamorphosen von R. Merkel. Leipzig 1863. — Von der Westermann'schen Verlagsbuchhandlung in Braunschweig: Herrig, the british classical authors. 1870. — Von der Capaun-Carlowa'schen Buchhandlung in Celle: Berger's stilistische Vorübungen der lateinischen Sprache für mittlere Gymnasialclassen und Berger's lateinische Grammatik, 7. Auflage. 1870. — Von der Hirt'schen Buchhandlung in Breslau: Drei Exemplare der Kambly'schen Stereometrie und Trigonometrie. 1870. — Von der Herbig'schen Buchhandlung in Berlin: Ploetz, manuel de la littérature française. 3. Aufl. 1871.

    Angekauft wurden außerdem: Spieß: Uebungsbuch zum Uebersetzen aus dem Lateinischen u. s. w. 2. Theil für Quinta. — Wackernagel: Teutsches Lesebuch. 2. Theil.

D. Der **Sammlung der naturwissenschaftlichen Lehrmittel** wurden folgende Geschenke zu Theil:
1. Ein 11 cm. langes Raupengespinnst aus Manila, von Herrn Navigationslehrer Töring hier.
2. Fünf Achate von Herrn Kaufmann W. Bünting hier.
3. Vier ostindische Wasservögel und eine Schlange von Herrn Schiffscapitain Büttner hier.
4. Ein Glas mit Blutegel-Cocons von Herrn F. A. Leiner hier.
5. Eine Seemöve von Herrn Romann in Leerort.
6. Einige Vogeleier von den Quintanern Bartels und Tjaden.
7. Ein Schmetterling (Atlas) von dem Sextaner Tjaden.
8. Einige Baumwollenkapseln von dem Tertianer M. v. Biema.
9. Zwei Nattern nebst Eiern aus der Gegend von Quakenbrück von dem Tertianer Ukena.
10. Der Schädel eines Schafes von dem Tertianer Torbeck.

Angekauft wurden:
  a. Für das **chemische** Laboratorium außer verschiedenen Chemikalien, Retorten, Reagenz- und Bechergläsern ein Diamantmörser, eine Pincette, zwei Platinbleche, ein Satz metrischer Gewichte von Messing und ein Satz metrischer Flüssigkeitsmaße von Zink.
  b. Für das **physikalische** Cabinet: Ein Stechheber, ein Stoßapparat, ein cartesianischer Taucher, ein Ballon, ein Nörremberger'scher Polarisationsapparat.

E. Der Sammlung von Lehrmitteln für den **Zeichenunterricht** schenkte der Real-Secundaner Toden die Hefte 1 bis 5, 10 und 49 der Hermes'schen Zeichenschule.

F. Die Lehrmittel für den **Schreibunterricht** wurden vermehrt durch den Ankauf der im Verlage von Greßler in Langensalza erschienenen kalligraphischen Vorlegeblätter, Abth. 2, 4, 5, 6, 13 und 14.

G. Die Lehrmittel für den **Singunterricht** wurden vermehrt durch den Ankauf von: Erk: Geschichte des deutschen Liedes im 18. Jahrh. — Erk und Jakob: Teutonia, Lieder über den deutschen Volkskrieg. Heft 1. — Lützel: Weltliche Männerchöre. 2 Hefte. — E. Kuntze:

Dreistimmige Motetten. — Engel: Der Schulgesang. — H. Stange: Kirchenmusik. — Sering: Deutschlands Ehrentage von 1870 und 1871. 2. Heft.

Für die vielen Geschenke, welcher auch im verflossenen Jahre unsere Schule sich zu erfreuen hatte, sagt der Berichterstatter den Gebern im Namen der Anstalt den herzlichsten Dank.

Der Schluß des gegenwärtigen Schuljahres wird

Sonnabend, den 23. März,

mit der Vertheilung der Censuren und Versetzung der Schüler erfolgen.

Das Schuljahr 1872/73 beginnt

Dienstag, den 9. April.

Sonnabend, den 6. April, findet für die auswärtigen und Montag, den 8. April, für die einheimischen Recipienden die Aufnahme-Prüfung statt.

Leer, den 9. März 1872.

Giesel, Director.